EL INSÓLITO VIAJE DE

LAURA CABRERA

J. A. BLAYA

El hombre es más complejo de lo que parece; todo hombre adulto encierra en sí no uno, sino tres hombres distintos. Mirad a un Juan cualquiera. En él se da el primer Juan, es decir, el hombre que él cree ser; hay también un segundo Juan, lo que de él piensan los otros; y, finalmente, existe un tercer Juan, lo que él es en realidad.

MARK TWAIN

La duda es el origen de la sabiduría.

RENÉ DESCARTES

Estás soñando, estúpido. Puedes volar, vestirte de pájaro o ser un pájaro, saltar hasta el infinito, viajar en el tiempo... ¡Bah!, no sé ni por qué te cuento todo esto, a ti que eres un ser despreciable.

FIDEL CASTELO

A los que me brindaron su amistad allá por los

setenta del siglo XX.

PRÓLOGO

En algún lugar del nordeste de la península ibérica, año 1265.

Los monjes se reunieron en la capilla del monasterio para *maitines*. Fueron llegando de dos en dos. Todos iban con amito blanco sobre el color negro de su hábito, y cubiertas la cabeza con la capucha, lo que les daba un aspecto fantasmal a horas tan tempranas. Después se fueron postrando en el suelo en actitud de adoración. Ante ellos, el prior, Egidio Napolitano, sostenía el documento, y entre cánticos y alabanzas fueron entrando en un estado de dormición. Solo el que portaba el preciado tesoro permanecía en estado de vigilia. Repitió las palabras, aquellas que san Agustín había recibido y en las que un ángel lo despertó de un sueño para mostrarle que la percepción no dependía del cuerpo sino del espíritu o la consciencia, demostrándole que podía experimentar la realidad que le mostraba mientras su cuerpo yacía dormido con los ojos cerrados en su cama.

Aquel escrito refería el camino a seguir. Nadie, salvo aquellos hombres, conocían de su existencia. Pero algo cambiaria en cuestión de momentos. De entre aquellos monjes que permanecían tumbados en el suelo en un estado de éxtasis, uno de ellos se levantó. No era una figura material. Iba vestido con sotana negra sobre vestido de caballero, también del mismo color, sin el lienzo fino que cubría las espaldas de sus concelebrantes. Era una sombra oscura que, de forma invisible para todos, se acercó al portador del escrito agustiniano. Este parecía que no lo podía ver y aunque lo hubiera deseado no podría haberlo hecho con sus ojos de carne. Era ciego. Pero los sentidos corporales a veces dejan paso al sentido inalcanzable para la mayoría de la percepción extrasensorial.

—Al fin te has descubierto —dijo el prior.

—Sabía que podrías notar mi presencia, pero ya da igual. Ha llegado el momento. No pienso permanecer más tiempo en este lugar. ¡El tiempo!, sí, pero es el tiempo con mayúsculas el que usaré a mi favor. Tú no has sabido hacer uso del mismo, pero yo sí daré cuenta de su verdadero significado. Ahora es mío y nada ni nadie lo podrá evitar.

—Necio y loco patán. ¿Te das cuenta de que no llegarás más allá de un sueño improbable? En las otras realidades no tienes potestad.

—Quizás no en este momento, pero cuando pasen los siglos conseguiré formar un ejército, y entre todos asaltaré ese reino al que tú llamas inverosímil.

Se adelantó, y con una mano vaporosa apartó el escrito de la mano del prior sin apenas esfuerzo, haciendo que Edigio cayera de costado. Este comenzó a repetir unas palabras que su adversario reconoció enseguida:

Anima una et cor unum in Deum. Salvum me fac de inimicis meis [1].

---

[1] Un alma y un corazón en Dios. Sálvame de mis enemigos.

Estaba huyendo de su envoltura corpórea. Pudo ver el éter espiritual y supo que pasaba a otra dimensión, aquella que él ya conocía y pretendía dominar. No le importó. Ya no le molestaría más. Ya no tendría que dar cuenta de sus actos. El monje, el caballero negro, se unió de nuevo a su cuerpo mortal y con el escrito del obispo de Hipona desapareció. Después ideó una imagen de destrucción, y aquel monasterio fue devorado por las llamas, mientras el resto de los mojes morían abrasados. Comenzó su largo trayecto por el tiempo, pasando de una forma a otra. No tenía edad, aunque fuera donde fuese siempre sería un hombre del siglo XIII, un hombre llamado Fidelis do Castellum.

Mientras, en la cuarta dimensión, el prior continuó como un ser orante, que sabía que alguna vez volvería a encontrase con aquel supuesto hermano de congregación.

I

REVELACIÓN

Cuando Alex dejó a su padre depositando las flores sobre la fría lápida de mármol, ya sabía lo que iba a suceder: el periódico que mostraba en primera plana el fallecimiento de Tomás Iriarte, aparecería una vez más sobre la tumba del difunto, Alex se encargaría de recogerlo, y sin saber el motivo, desde el primer día que aconteció el extraño suceso, cada año y a la misma hora, debería escapar para salvar su vida. Su padre por fortuna no era consciente de nada, tenía la cabeza en otras cosas, no solo por la muerte de su mujer, sino porque el alzhéimer le consumía los recuerdos, y Alex no quería preocuparlo.

Leonor había fallecido hacía tres años de un cáncer de mama, y la vida de Luis cambió de forma radical. De ser un hombre activo y alegre, terminó en una depresión, y salvo por las salidas que hacía con su hijo, era raro verle hacer algún tipo de vida social. Y allí, como cada año en el día de la muerte de su mujer, Luis depositaba un ramo de rosas rojas compradas por Alex. Para llegar hasta la tumba tenían que recorrer desde la entrada una distancia de unos doscientos metros, un camino de albero, dónde los cantos rodados del suelo les dejaban marcados sus aristas y rebordes en los pies. Cada año ese trayecto se les hacía más dificultoso. «Cosas de la edad», balbuceaba Luis Portillo. Alex llevaba a su padre del brazo y verlo tan avejentado le causaba un dolor enorme. Por eso, el extraño y repetitivo acontecimiento debería ser algo que solo lo afectara a él.

Mientras su padre quedaba sumido en perdidos y lejanos pensamientos, Alex se preparó para lo que iba a acontecer. Siempre se preguntó por qué todo sucedía de forma tan puntual. La necrópolis cubría unas 120 hectáreas de extensión. A lo largo de la historia recogió unos cinco millones de inhumaciones, pero en los alrededores donde descansaban los restos de su madre, solo unos cuantos nichos que parecían vaciados hacía poco, y otras pocas lápidas que rememoraban a los difuntos más antiguos, eran la única compañía para los que se presentaban en aquel sector del camposanto. Y ese era el lugar elegido. Alex esperaba con aquel endemoniado periódico en la mano, el de todos los años, a que se produjera el mismo incidente: alguien surgiría de la nada y comenzaría a disparar contra él intentando acabar con su vida, aunque a veces dudaba de si aquella era la verdadera intención, dado que nunca daba en el blanco.

La primera vez lo relacionó con la actitud de algún loco que aprovechaba la soledad del lugar. Lo puso en manos de la policía local, pero ante la falta de pruebas, decidieron dar por zanjado el tema. Todo cayó en el olvido hasta el segundo año. El mismo día y a la misma hora apareció de nuevo aquel tipo disparando de forma indiscriminada contra él. Por fortuna, su padre siempre estaba alejado, y Alex, ante la sorpresa de algún que otro visitante al camposanto, debía refugiarse tras un muro o cualquier objeto que le sirviera de parapeto. De nuevo, la falta de pruebas, la desaparición del atacante, y el no encontrar ningún rastro que pudiera aportar pistas, hacía que se archivara el caso. Siempre en el mismo lugar y siempre el mismo diario sobre la tumba donde descansaban los restos de Tomás Iriarte. Los primeros años apenas le prestó atención al hecho en sí. «Tal vez algún familiar lo dejaba como recuerdo de su muerte», pensó. Según pudo leer, Iriarte fue un sujeto que se había dedicado a las artes nigrománticas y constituyó una extraña asociación científica. Lo encontraron muerto sin causa aparente, y la policía de aquel año de 1974, responsabilizó del crimen a otro miembro de la asociación, Fidel Castelo.

Pero iba a ser aquel día del tercer año desde la primera aparición, cuándo Alex no iba a dar crédito a lo que verían sus ojos: el muerto esta vez no era Tomás Iriarte; algo cambió, y lo que leyó le desconcertó.

La víctima sería él mismo, Alex Portillo.
Fecha, 1 de noviembre de 1981.

El modus operandi, un disparo en el pecho por arma de fuego.
El día se había presentado encapotado, triste. Una fina lluvia se colaba entre los pliegues del fino chubasquero que llevaba puesto. Pero allí permaneció, esperando que se produjera de nuevo el suceso. Solo, rodeado por unos muros que dejaban ver los huecos de los nichos vacíos y poco más. No escuchaba ningún sonido, salvo el canto de algún pájaro de los que revoloteaban a su alrededor. El reloj marcaba las once cincuenta y nueve de la mañana. Faltaba un minuto para que se alcanzara el mediodía, la hora prevista en la que el anónimo agresor haría su presentación.

Alex miraba el segundero, la manecilla avanzaba tan despacio que parecía que nunca llegaría a situarse en lo alto de la esfera.

Cuando alcanzó la cima, y con puntualidad, desde una de las esquinas, entre fogonazos azules surgidos de la nada que dejaban un suave olor metálico a ozono en el ambiente, apareció aquel tipo disparando como si le fuera la vida en ello. Iba vestido con un largo abrigo marrón, su cabeza la cubría con un sombrero parecido a los de los vaqueros del Lejano Oeste, y un pañuelo de color amarillo le cubría la mitad del rostro, dejando visible nada más que los ojos. Nunca daba en el blanco. Alex pensó que, o bien era un mal tirador, o no tenía intención de alcanzarlo. También quiso creer que la duda, el poder estar equivocado de persona a quién hacer daño, podría ser el origen de su falta de puntería. Pero algo iba a cambiar esta vez. Alex Portillo le plantaría cara, tenía que saber quién era, cuál era el motivo de aquel acto que desde hacía tres años se repetía en la misma fecha, y sobre todo qué tenía él que ver con el asunto de la muerte de Iriarte o con el periódico. Así que, sin dudarlo, esperó impasible que se aproximara y permaneció estático, plantando cara a la amenaza. Sabía que podía ser una locura por su parte. ¿Y si tenía de verdad la intención de acabar con su vida? Pero aquel día no dudó y decidió arriesgarse. Aquella acción inesperada hizo que su atacante se detuviera. Ambos permanecieron frente a frente. Alex, con el pelo mojado y el cuerpo empapado por la lluvia que había comenzado a arreciar; su rival, al que no se le veía más que la mitad de la cara, con el revólver todavía humeante en la mano, parecía que había sido desarmado, pero de toda iniciativa.

—Bien —dijo Alex—, aquí me tienes. ¿No vas a disparar? Ya me he cansado de este juego. Si tienes algo en mi contra me gustaría que me lo dijeras y terminemos con todo este asunto. ¿Quién coño eres?

El enmascarado no respondió. Lo miraba sin decir palabra. Alex solo podía ver sus ojos, y al mismo tiempo le pareció que bajo aquel pañuelo que le tapaba medio rostro, se dibujaba una sonrisa burlona.

—¿Quién eres? —volvió a preguntar Alex, esperando la respuesta con angustia. Parecía que el corazón le iba a saltar de su pecho, podía escuchar los latidos, como si fuera un tambor en el que algún extraño chamán tocara para un inexplicable sacrificio.

Sin mediar palabra, como si quisiera contentar a su oponente, se despojó del sombrero, se apartó el pañuelo, y dejó caer sobre sus hombros una larga y ondulada melena pelirroja. Ante él apareció el rostro de una mujer joven. Guardó la pistola, se dirigió hacia Alex, lo besó en la boca con dulzura, y le acarició el pelo mientras le susurraba al oído:

—Hola, querido. Me alegro de volver a verte después de tanto tiempo, sigues como el primer día.

Alex Portillo miró a la mujer sin reaccionar, y cuando pudo hablar, sin estar seguro si era real o fruto de su imaginación, exclamó:

—¡¿Laura?!

—Sí, querido. Lamento mucho que llegue este momento.

La mujer sacó de nuevo el arma y disparó a bocajarro. Alex quedó tendido en el suelo. Mientras todo se volvía oscuridad, solo alcanzó a ver los ojos verdes de aquella joven.

—Hasta pronto, amor mío.

Aquella mujer, Laura, recordó haber dicho esto mismo hacía poco tiempo. Esperaba que ese «hasta pronto» se hiciera realidad lo antes posible.

II

LAURA

Lugar: Tercera dimensión.

Espacio temporal: octubre de 1974

Las calificaciones no tardaron en salir. Como era costumbre, cada vez que esperaban las notas, los estudiantes se arremolinaban en torno al panel situado en la puerta del departamento. Y aunque eran las ocho de la mañana y no se veía nada al no estar encendidas todavía las luces del pasillo, había quién hacía uso de los mecheros para iluminar aquel tablero, donde unos simples números te podían alegrar el día.

Alex Portillo estaba situado detrás del numeroso grupo que intentaba aproximarse usando cualquier método para averiguar las tan deseadas calificaciones, pero la oscuridad hacía que aquello se hiciera interminable.

—¿Puedes ver algo? —preguntó alguien que se encontraba junto a él. No podía distinguir de quién se trataba, pero por la voz le pareció que era una chica.

—No veo nada —respondió Alex—, y dudo que pueda hacerlo con tanta gente. Perdona, ¿te conozco? Creo que eres la pelirroja que se sienta detrás de mí siempre en el aula 2.

—Sí, soy Laura Cabrera. Bueno, me siento donde puedo. A veces llegas con el tiempo justo y te buscas la vida. ¿No has visto a los que se sientan a veces en la escalera tomando apuntes?

—Sí, es verdad —dijo Alex sonriendo—, es patético, pero, oye, que yo también lo he hecho.

Alex terminó apartándose del grupo que ansiaba conocer las notas, y pidió a Laura que lo acompañara.

—Creo que quizás sea mejor esperar un rato y después subimos a «llevarnos el susto». ¿Qué me dices?, ¿te apetece un café?

—Vale, pero te recuerdo que hay clase en un cuarto de hora —respondió Laura.

No había mucha gente en la cafetería; en realidad acababan de abrir, por lo que los camareros estaban disponibles para servir en seguida. Solo un par de profesores y otro alumno ocupaban mesa. Alex pidió dos cafés con leche, y se sentaron.

—En realidad nunca te presté atención —dijo Alex—, y eso que eres de las más «famosas» por lo que he visto. Quizás es porque soy un poco tímido. Oye, ¿no te ofenderás porque te diga esto?

Laura sonrió ante la `pregunta.

—Ya veo que eres un poco tímido, esa duda denota falta de confianza en ti mismo. ¿Por qué me ibas a ofender? Si uno tuviera que fijarse en todos los que están cerca de ti... Yo tampoco estoy pendiente de los demás…bueno, miento, sí lo estoy. Unos me atraen más y otros menos, y otros me dan igual…Y ahora me vas a preguntar si me he fijado en ti… —dijo Laura mirando a Alex con aire bromista.

Alex pensó que aquellos ojos verdes lo iban a matar. Nadie lo había hecho de esa manera, jamás.

—Esto…pues sí, pero no quiero que me tomes por un descarado —dijo, mientras parecía empequeñecer ante la figura de aquella chica. Tal era la impresión que le causaba.

—Ja, ja, ja —rio con fuerza Laura—. De verdad que eres tímido.

Alex miró su reloj.

—Oye, creo que vamos tarde a clase.

Ambos se levantaron y apresuraron la marcha. Llegaron al aula 2, y esta vez se sentaron uno al lado del otro.

La mañana transcurrió como de costumbre. Cuatro horas de clases hasta el almuerzo. Alex pensó que le había tocado la lotería o algo así. Estar todo el día sentado junto a la pelirroja más famosa y que esta le hiciera caso, parecía algo más que un sueño hecho realidad. Cuando salieron, al llegar a la puerta de la Facultad, y mientras saludaban a los demás compañeros, se dieron cuenta que sus miradas no cesaban de cruzarse, como si esperaran que alguno de los dos dijera algo. Alex decidió que debía dejarse de tonterías y se aproximó a dónde estaba Laura charlando con una compañera.

—Laura, ¿tienes un momento?

—Claro, espera que termine con Tere —dijo mientras le decía algo a otra chica que charlaba con ella.

Alex miraba a Laura como si fuera un valioso tesoro. ¿Cómo es que nunca se había fijado en aquella muchacha tal como lo hacía ahora? «Te estás enamorando, Alex», pensó. Laura terminó la conversación con la otra compañera y se dirigió donde Alex esperaba.

—Dime, amigo.

Alex pensó que llamarlo solo amigo era menos de lo que él empezaba a sentir por aquella chiquilla, por lo que abrigó una cierta desazón.

—Laura, yo... ¿sabes que al final no hemos subido a ver las notas en el tablón? —dijo, aunque en realidad no estaba seguro si aquello era lo que quería decir en realidad.

—Ja, ja, ja... —volvió a reír la muchacha.

Aquella risa tan musical comenzaba a volverlo loco. Le pareció que era como escuchar una melodía celestial.

—Alex, tú no has subido, pero yo sí. En uno de los descansos entre clase y clase aproveché y miré la lista. Y...

—Y... ¿qué? —dijo Alex abriendo los ojos por la inesperada noticia.

—¡Hemos aprobado ¡—respondió Laura mientras le daba un beso en la mejilla.

Alex estuvo a punto de desmayarse, no por la calificación, si no por aquel beso inesperado.

III

PRIMEROS ENCUENTROS

Lugar: Tercera dimensión.

Espacio temporal: octubre de 1974.

La tarde iba a ser distinta para Alex, no podía concentrarse en nada de lo que hacía. En su cabeza solo veía una imagen: una pelirroja de veinte años que, sentada a su lado, lo miraba y lo tomaba de la mano. «Jopé, la loca de la casa ya hace su aparición» —pensó, refiriéndose a la imaginación que comenzaba a desbocarse. No quería hacerse ilusiones, pero algo había cambiado en su interior. Si antes iba a la Facultad por el hecho de asistir a las clases y estar con sus compañeros habituales, ahora tenía otro aditamento, y no era otro que cierta criatura de cabello cobrizo y ojos verdes.

Imbuido en estos pensamientos sonó el teléfono.

—¡Diga! —contestó.

—Oye, ¿tú que le has hecho a mi hermana? —respondió una voz al otro lado de la línea.

Alex no sabía qué contestar.

—¿Quién eres? —respondió, alarmado por aquella pregunta tan extraña. Se le ocurrió que Laura tuviera un hermano y que este hubiera pensado algo raro respecto a él.

—Ja, ja, ja —rió el que estaba al otro lado de la línea—. «¡Pringao!», soy Antonio Arias. ¿Qué, te has asustado?

Alex respiró hondo. Estuvo a punto de soltar un improperio. Antonio Arias era un buen amigo. Se conocían desde el colegio, y coincidieron también en la Facultad. Ambos decidieron seguir el mismo camino profesional, si bien es verdad que Antonio era un poco más «relajado» y sacaba las asignaturas con apuros, por lo que se distanciaron algo en las clases.

—Joder, tío ¿qué pasa, amigo?, sí, que susto me has dado —dijo Alex.

—Estoy debajo de tu casa. He acompañado a mi padre a un trabajillo de pintura, y ha coincidido que es aquí cerca. ¿Te parece que nos veamos y tomemos una cerveza? Te espero en el bar de siempre.

Alex pensó que era lo mejor, así que decidió dar una vuelta con su compañero para despejarse un poco. Cuando llegó al establecimiento, lo encontró con otro acompañante al que solo conocía de vista.

—Hola, Antonio.

—¡Eh!, hola, Alex. Creo que ya conoces a Santi.

Santi era otro joven de la misma edad. Tenía unas gafitas un tanto ridículas, que apenas le cubrían la cara, parecidas a las que lucía el cantante Albano.

—Bueno, te conozco de haberte visto deambulando en la Facultad con otra gente —dijo Alex—. Encantado, Santi.

—Lo mismo digo, Alex —dijo el otro mientras le devolvía saludo—. Me ha dicho Antonio que vives por aquí.

—Sí, justo en el portal de al lado. Nos solemos citar en este sitio cuando viene por mi barrio. ¿Y tú, vives cerca?

Santi apuró la cerveza, y llamó al camarero, el cual se acercó a requerimiento del muchacho.

—Ponga tres más, por favor —dijo señalando los vasos vacíos.

—Santi como siempre tan esplendido —dijo Antonio con un gesto, que hacía alusión a que el otro chaval tenía dinero de sobra.

—Bueno, Alex, te dije que bajaras porque Santi tiene algo interesante que contarnos, y he pensado que a lo mejor nos puede interesar.

—¿Y de qué se trata? —contestó.

—¿Habéis oído hablar de los viajes astrales?

Alex estuvo a punto de atragantarse con la cerveza cuando escuchó aquello. Miró a donde estaba Antonio, que a su vez no apartaba la vista de Santi por la sorpresa.

—¿Qué has dicho? —dijo Alex, esperando una aclaración a lo que le parecía una pregunta absurda.

—Sí, ya sé que suena a cuento de brujas, pero os aseguro que conozco un sitio donde te enseñan a manejar la técnica. Yo fui un día y os prometo que es algo increíble. No, no hice ningún viaje de esos, si me lo vais a preguntar, pero me contaron de gente que sí lo ha experimentado.

—Oye, verás, si nos estás tomando el pelo, yo tengo cosas importantes que hacer, y te agradezco el interés, pero…

—Alex, espera —dijo Antonio— ¿y si es verdad? ¿No sería alucinante?

—Antonio, te has vuelto loco, ¿cómo puedes creer en esas cosas? —contestó Alex extrañado ante la postura de su amigo.

—¿Dónde hay que apuntarse? —dijo Antonio.

—Mañana, si quieres quedamos allí. Hay que ir a Ventas. Por allí está el piso donde se reúnen los voluntarios.

—Vale, —dijo Antonio— yo sí voy. ¿Y tú, Alex?, venga hombre, no seas cagón.

—No, perdonad. Conmigo no contéis para esas cosas, además estoy ocupado.

—Sí, me imagino, esa chica... ¿cómo se llama? Ah, sí, Laura. Que te he visto con ella, tío, y parecías un poco acaramelado —bromeó Antonio.

—Venga, prefiero no contar nada. Oye, os agradezco la cerveza, pero me tengo que ir. Ya me contarás lo de tu viaje astral.

Mientras Antonio y Santi permanecían en el bar, Alex regresó a su casa pensativo.

«Viajes astrales, bah, que tonterías».

Alex se fue a la cama pensando que al otro día volvería a ver a Laura.

IV

DECLARACIÓN

Lugar: Tercera dimensión.

Espacio temporal: octubre de 1974.

Alex se desplazaba a la Facultad en su Ducati 50 recién estrenada. No era gran cosa, pero para ser su primera moto estaba encantado. Salvo algún problemilla cuando hacía «perlita» en las bujías y tenía que parar a cepillarlas, le iba de maravilla. Al principio le costó dominar la máquina, y estuvo a punto de costarle caro, sobre todo en una bajada en la que no supo frenar y casi se empotra contra un coche. Ahora todo era distinto, y deseaba acelerar lo más posible pensando que había una cierta pelirroja esperándolo. Cuando se aproximaba al aparcamiento situado delante de la entrada principal, vio como en la parada del autobús próxima al edificio, bajaban los estudiantes de las distintas escuelas, y entre ellos estaba Laura. No deseaba cometer una infracción, y menos provocar un accidente, pero la idea de recogerla y llevarla con él, le pudo más, así que, con un giro propio de un experto corredor de motos, dio media vuelta y se dirigió hacia donde caminaba la muchacha. Esta no se percató de su inesperado acompañante.

—Eh, señorita, ¿quiere que la lleve?

Laura miró hacia un lado, sin saber de quién se trataba. Cuando vio que era Alex, se detuvo y subió.

—¡Vaya, no sabía que tenías moto! —dijo.

—Agárrate, chica.

Fueron tan solo unos trescientos metros, unos veinte segundos hasta llegar a la puerta de la Facultad, pero para Alex fueron los veinte segundos más intensos de su vida.

Las clases se desarrollaron con normalidad. Cuando llegó el tiempo de tomar un pequeño aperitivo, bajaron a la cafetería. Allí se encontraban varios compañeros, entre los que estaba Antonio Arias. Este se aproximó a la mesa donde estaban sentados Alex y Laura, con ganas de charla.

—Hola, compis. ¿Qué hacéis? Oye, Alex, te recuerdo lo de esta tarde. ¿Lo has pensado?

Laura miró a Alex esperando una respuesta sobre algo que desconocía. No quería parecer una entrometida. Al fin y al cabo, la amistad con Alex era solo cuestión de horas.

—Ya te dije que no me interesaba ese asunto. Lo veo algo irreal y una pérdida de tiempo. ¿Desde cuándo se hacen viajes astrales? ¿En serio tú te crees eso?

—¿Viajes astrales? —intervino Laura sorprendida—. ¿Estáis enredados en esas cosas de juegos de «rol» o algo así?

—No le hagas caso —dijo Alex—, son tonterías de alguien que nos ha querido liar con un rollo increíble.

—Pues yo iré por si acaso. Como sea algo que merezca la pena te vas a arrepentir.

—Sí, claro, y viajarás a través del tiempo y el espacio como si fueras un espíritu, ¿no? —contestó Alex mientras miraba a Laura y sonreía.

—¿Y si es verdad? Me gusta experimentar cosas nuevas.

Cuando se marcharon, Alex quedó pensativo con aquello que había dicho Antonio: «experimentar cosas nuevas». Esperaba que no tuviera que lamentarse de aquella decisión.

Por la tarde tenían prácticas de Histología. El grupo de Alex, en el cual debería haber estado Antonio, terminó a las siete de la tarde. Por supuesto, su compañero no asistió. «Parecía que aquella experiencia nueva le resultaba más interesante y fructífera», pensó. Laura y él, tomaron la moto para dirigirse a su casa. Cuando llegaron al domicilio de la muchacha, esta se bajó mientras Alex permanecía en la moto con el motor encendido.

—¿Nos vemos mañana? —dijo Laura.

—Claro. Oye, Laura… —Alex paró el motor. Lo que tenía que decir era importante y no quería precipitarse—. Tengo que decirte que llevo unas horas, bueno desde ayer que nos conocimos un poco más, pasando muy buenos momentos a tu lado, aunque esos momentos sean solo estar sentado junto a ti en clase. Me dirás que es una tontería lo que te digo, pero…

Alex no terminó la frase. Laura se acercó, lo besó en los labios y añadió:

—Tonto, no digas nada, nos vemos mañana.

Laura se alejó y entró en el portal de su casa. En ese momento pensó que Antonio se perdía lo mejor de la vida.

«Viajes astrales, bah, que bobadas».

V

ANTONIO

Lugar: Tercera dimensión.

Espacio temporal: octubre de 1974.

El trayecto desde su casa a la estación del metro de Ventas no le llevó más de quince minutos. Después tuvo que cruzar un par de calles para llegar a un edificio que parecía tener bastantes años y en el que un viejo ascensor de puertas plegables lo condujo hasta el cuarto piso. La dirección y la propaganda que le había dado Santi coincidía con las características del lugar donde se encontraba. La planta estaba adornada con exóticos carteles que anunciaban un viaje al lugar soñado, y las luces parecían más propias de un tabernario puticlub de las afueras de la ciudad, donde se reuniera lo más afamado del esnobismo.

Cuando Antonio se presentó ante la puerta del citado piso, la cual permanecía abierta dejando claro que cualquiera era bienvenido, encontró un escenario en el que la música ambiental le recordó a ciertas melodías provenientes de las últimas canciones de los Beatles, en las que la influencia del hinduismo era lo característico. No hizo falta llamar ni avisar de su presencia porque un individuo de fisonomía oriental, vestido con una larga túnica amarilla que le llegaba hasta los pies, le hizo gestos para que entrara, no sin que antes se hubiera descalzado y dejado los zapatos en un armario de madera negra que ya tenía en su interior varios pares de distintos tipos de calzados, que de seguro pertenecían a los que estuvieran en ese momento alojados allí.

El «oriental», que lo guiaba a través de un pasillo, andaba con una parsimonia tal, que Antonio pensó si aquel tipo no estaría drogado. Llegaron a una puerta en la que aparecía grabado un símbolo extraño, que Antonio asemejó a una especie de cruces entrelazadas.

El tipo de la vestimenta amarilla se fue, dejando solo al muchacho, el cual pensó si habría alguien que lo atendiera.

—Antonio Arias, pasa por favor, no te quedes ahí —dijo una voz desde el interior.

Antonio entró, y observó a un hombre que, vuelto de espaldas, parecía estar manipulando unos extraños frascos con hierbas. Cuando este se giró, observó que era un tipo de pelo cano y con la piel curtida por el sol, no tendría más de cuarenta años. Vestía un jersey a rayas y un pantalón vaquero.

—Hola, Antonio, me llamo Tomás Iriarte. Sabía que vendrías hoy.

Antonio se extrañó. Pensaba que su amigo Santi no había comentado nada. Solo le dio la dirección.

—¿Cómo sabía que vendría? —preguntó.

—Tienes camaradas importantes —dijo el hombre—. Pero no te preocupes, todo se explicará en el momento adecuado. De momento quiero que conozcas nuestra sociedad. Ven y siéntate. Te contaré de qué va esto. ¿Te apetece tomar algo, coca cola, una copa de licor…? —preguntó.

—Eh… no gracias, agua si tiene.

Mientras Tomás Iriarte le servía, Antonio comenzó a ojear varias revistas que parecían folletos de agencias de viajes: fotografías de paisajes, dibujos con trazos extraños y figuras desconocidas que le parecían sacadas de un comic de Barry Windsor Smith, un pintor de la new age. A su vez, unos cuadernos con símbolos y runas, que les recordó al lenguaje de los elfos tal como había leído en los libros de Tolkien, aparecían desperdigados por la mesa. Por un momento no pudo dejar de mirar también los frascos con plantas, y los matraces, que situados en una estantería, parecían esperar que alguien diera un trago y se transformara en una especie de míster Hide.

—Sí, ya sé que todo esto te resultará de los más excéntrico, pero es una realidad desconocida para la mayoría. Todo lo que te puedo ofrecer lo conocí en unos viajes que realicé a países asiáticos, hace ya unos noventa años.

Antonio no supo que contestar en ese momento. Abrió la boca para decir que aquel hombre le tomaba el pelo. Pero se retuvo, no tuvo fuerza suficiente para articular una palabra ante lo que le pareció un desatino. Por fin, pudo expresar algo:

—Se ríe usted de mí, ¿verdad? —dijo con voz temblorosa.

—En absoluto, mi querido amigo. Eso es lo increíble. Nuestros conocimientos nos permiten ocupar un espacio, mientras que a su vez podemos permanecer en varios sitios, sin miedo a envejecer. Es una forma de ser y de no ser al mismo tiempo. Puedes vivir aquí, y en otro momento de la existencia. Ser un joven como tú en este año en el que estamos, y existir en otro momento, el que desees, pasado o futuro.

Tomás Iriarte vio en los ojos del joven la sombra de la incredulidad más absoluta por lo que decidió dar un golpe de efecto.

—Veo que no crees nada de lo que te cuento. De acuerdo, te presentaré a alguien que igual conoces.

El hombre hizo sonar una campanilla, y al momento apareció en la puerta de aquella habitación otro individuo de una edad parecida a Iriarte.

—¿Y bien?

—Antonio, te presento a Fidel Castelo —dijo, como si fuera a ser la solución a la incredulidad de Antonio Arias.

Antonio le estrechó la mano. Creyó ver en aquel hombre algo familiar pero no sabía qué era.

—¿Le conozco de algo? —dijo.

—Claro que me conoces. Soy Santi. ¿Qué? Te dije que merecía la pena, ¿o no?

Antonio, que se había levantado a saludar, cayó de espaldas, pero por fortuna para él, lo hizo en blando: el sillón amortiguó el impacto de la sorpresa.

—¿Ves lo que te decía? Y tu amigo Alex no quiso venir. Él se lo pierde.

Al cabo de un rato y de las consiguientes explicaciones, Antonio estuvo al tanto de todo aquello y de los planes que se llevaban a cabo. Le comentaron como llegaron a formar la sociedad, y como tenían multitud de miembros distribuidos por todo el mundo. Buscaban gente joven para ampliar la base de efectivos, y según decían, la idea era distribuirlos para controlar ciertos aspectos de los gobiernos y sus estructuras.

—¿Pero eso es legal? —Preguntó Antonio.

—Sea o no legal, lo que hay que hacer se hace. Todo es por el futuro de la humanidad. No podemos permitir que la política actual lleve al mundo al caos absoluto—contestó Santi, «o sea, Fidel Castelo, o quién fuese» —pensó Antonio.

—Lo que no me has explicado es el porqué de tu apariencia, antes joven, y ahora más viejo, y luego... no sé cómo estarás.

—Mi verdadero rostro en este momento es el que ves. Cuando me presento con mi apariencia de estudiante es porque regreso de cualquier otro lugar del tiempo, o de otro mundo, con la idea de aparentar esa edad para buscar adictos a la causa. Digamos que soy atemporal.

—Perdona, ¿me estás insinuando que esto es una especie de secta? —dijo Antonio con cierto desencanto.

—No quiero decir eso. No lo consideramos una secta, sino la salvaguarda de las diversas realidades existentes. El que está con nosotros lo hace por propia iniciativa.

—¿Y si decido no quedarme?

—Te podrás ir, aunque no recordarás nada. Pero ¿estás seguro de que eso es lo que deseas?

Antonio se quedó pensativo por un instante. Tanto Iriarte como Fidel Castelo lo miraban esperando una decisión. Al fin, Antonio respondió.

—De acuerdo, podéis contar conmigo. ¿Pero eso cómo afectará en mi vida personal? Quiero decir, mis padres, mis estudios...

—Buscaremos una solución, no debes preocuparte —contestaron los otros dos.

Al fin, Antonio ya no volvería a ver el mundo que conocía, «pero si era por el bien de la humanidad, habría valido la pena», pensó.

Pronto comprendería el coste de aquella decisión.

VI

DESAPARECIDO

Lugar: Tercera dimensión.

Espacio temporal: octubre de 1974

Habían transcurrido varios días desde que Antonio asistió a la reunión secreta, y Alex comenzó a preocuparse. Sabía que sus padres habrían denunciado la desaparición, y la policía andaba buscando pistas que pudieran llevar a encontrar el rastro del muchacho. Todos estos aconteceres eran el tema de las conversaciones en la Facultad. Los más allegados no alcanzaban a entender qué le podría haber sucedido a Antonio Arias. Los que lo conocían sabían que se trataba de un chaval inquieto, pero nada hacía indicar en él ningún aspecto que pudiera hacer pensar en una huida misteriosa y que incluso fuera investigada por las autoridades.

Indagaron en posibles relaciones de pareja. Nadie sabía si Antonio tenía novia, amiga o cualquier otra relación sentimental. Tampoco encontraron enemigos o adversarios. Todos sus compañeros le tenían bastante aprecio y dudaban que hubiera sido por motivos de hostilidad hacia él. Pero en todo esto, sí había alguien que podría ofrecer alguna pista sobre su desaparición, y este era Alex Portillo. Conocía lo sucedido en aquella charla que mantuvieron en el bar, junto al otro compañero, Santi, al que por cierto no había vuelto a ver desde entonces. Además, se percató de que no conocía el apellido de Santi, por lo cual poca información podría aportar sobre su persona.

—¿Crees que debemos informar a la policía? —dijo Alex.

—Sería lo más lógico. ¿Te acuerdas de la dirección del lugar que iba a visitar para lo de ese viaje astral o lo que fuera? —preguntó Laura.

—Sí. Creo que dijo que estaba por Ventas, la tengo en mi casa. Es la que nos dio ese tal Santi, al que por cierto no he vuelto a ver por ningún lado, y se supone que era un compañero nuestro también.

—¿Y si resulta que estamos ante una especie de banda mafiosa captadora de gente? Solo de pensarlo me entran escalofríos.

—Pero ¿sabes qué? Si contamos a la policía lo que sabemos, nos pueden implicar en el asunto como sospechosos, y sería un palo para nuestros padres —Alex se quedó pensando por un instante, como si estuviera ideando una forma de actuar—. Se me ocurre algo, pero no sé si será demasiado peligroso.

—¡Venga ya! —dijo Laura entornando los ojos. Se temía lo peor.

—Sí, pero tú mantente al margen. No quiero que te relacionen con nada de lo que está pasando. Lo único que faltaría es que nos acusen a los dos de la desaparición de Antonio.

Por la noche, mientras cenaban, su padre le preguntó interesado por la noticia.

—Ha salido en la televisión. Han dicho que un estudiante de tu Facultad ha desparecido sin dejar rastro, un tal Antonio Arias. ¿Lo conoces?

—Sí, es un compañero. Creo que tú también lo conoces. Alguna vez ha venido por aquí. La verdad que es muy extraño, pero nadie sabe dónde puede haberse metido —respondió Alex, intentando no ser muy explícito para disimular su sospecha sobre el asunto.

—Eso os pasa por andar con mala gente —intervino la madre de Alex—. Si sus padres hubieran estado más pendientes de las andanzas de ese chico, no hubiera pasado nada.

—Vamos, «mamá» —así llamaba el padre de Alex a su mujer—, tú no sabes nada de su familia. Igual son de lo más atento del mundo.

—Pues dime como puede desaparecer un chico ya tan mayor. Si estaba metido en jaleos, sus padres deberían haberse dado cuenta.

Alex intentó pasar de la conversación. Recogió su plato y lo llevó a la cocina. Su semblante serio no pasó desapercibido para su padre.

—Alex, ¿ocurre algo? —preguntó.

—Nada, ¿qué puede pasar? —dijo.

—No sé, te veo raro.

Alex hizo un gesto a su padre para que lo acompañara a otra habitación y evitar que su madre pudiera enterarse de algo.

—Oye, papá. ¿Tú sabes algo de viajes astrales y misticismo?

Luis Portillo miró a su hijo con rostro de preocupación.

—¿De qué hablas? ¿Te ha sentado mal la cena?

—Escucha, papá.

Alex contó a su padre todo lo sucedido hacía unos días, la reunión en el bar, la proposición del otro compañero, Santi. Su padre escuchaba perplejo. Cuando terminó, Luis Portillo tenía claro que debería avisar a la policía.

—No, papá, no lo hagas, espera a mañana. Tengo que hacer unas averiguaciones. Si no resuelvo nada, entonces llamamos.

—¡Pero estás loco! —dijo el padre de Alex—, ¿qué demonios vas a averiguar tú?, ¿eres detective o algo así?

—Papá, hazme caso. Tengo una pista, y si es correcta, será muy útil para descubrir el paradero de mi amigo.

«Me temo que algo malo va a ocurrir» —pensó el padre. Decidió no contar nada a su mujer, la cual mientras recogía la mesa, sintió un fuerte dolor en un costado. No quiso alarmar a los demás, y continuó con sus cosas. Un mes más tarde, fallecía. Pero Alex no estaría para enterrarla.

VII

FIDEL CASTELO SE DESCUBRE

Lugar: Tercera dimensión.

Espacio temporal: octubre de 1974.

—No puedes obligarme a permanecer pasiva. Si no quieres que entre contigo, al menos te esperaré en la calle. ¿Cómo estás tan seguro de que todo irá bien, si no conoces lo que hay dentro? —dijo Laura.

—De acuerdo, si ves que tardo más de la cuenta, avisa a alguien, pero no creo que sea para tanto. Ya verás, solo es preguntar si estuvo Antonio, y nada más. ¿Qué hay de malo en ello?

Alex y Laura, habían llegado en metro a la dirección donde se encontraba aquel gabinete, consulta, o como quisieran llamarlo, y mientras la chica permanecía en la calle, Alex subió hasta el piso donde se ubicaba la extraña «agencia de viajes». Optó por tomar la escalera. No se fiaba demasiado de los ascensores, y menos de aquel, que parecía de tiempo inmemorial. Cuando llegó al cuarto piso, vio a su derecha una puerta abierta y adornada con dibujos exóticos, que le recordaron a los que aparecían en los comics de moda sobre artes marciales. Se aproximó a la entrada y un individuo delgado y alto, de aspecto oriental, vestido con una amplia túnica de color amarillo, lo recibió con un saludo típico que recordaba a las películas de Kungfú. En la parte de atrás llevaba grabado un dibujo parecido a unas cruces entrelazadas. Por el ruido existente, parecía que celebraban algo. El piso era amplio. Entró en un salón bien acomodado. Allí, varias personas charlaban, aunque no podía distinguir sobre qué. Un tipo barbudo enseñaba a una joven de pelo rizado un block de dibujo, en el que aparecían figuras femeninas desnudas y en poses provocadoras. Otro llevaba un vaso de un licor de color verde —pipermín, pensó— y otros escuchaban a una mujer mayor que los demás, que tocaba una guitarra con rasgueos desafinados. El acúmulo de gente se extendía hacia el fondo de un largo pasillo, el cual terminaba en una puerta, donde el mismo dibujo que llevaba el «chino» —así lo llamó Alex— en la espalda de la túnica, aparecía grabado en la misma.

Un hombre joven, aunque mayor que Alex, se acercó por detrás.

—¿Eres nuevo? No creo haberte visto por aquí nunca, aunque claro, somos tantos que es muy posible que tu presencia me haya pasado desapercibida. Perdona, me llamo Diego Ruiz, ¿y tú?

—Ah, sí, yo soy Alex. Como tú dices, soy nuevo. Es la primera vez que vengo.

—¿Ya conoces a nuestro mentor?

—Eh…, no. Ya te digo, es la primera vez. Me invitaron y por eso he venido —contestó Alex mientras miraba a su alrededor. Le pareció ver que, en un rincón del aquel salón, una pareja estaba intentando mantener relaciones sexuales, algo inconcebible, ya que nunca lo había visto hacer en público.

El otro hombre se percató, y viendo el gesto de estupefacción de Alex, lo tomó por el brazo, apartándose de la vista de los dos amantes.

—No te extrañe. Aquí somos muy liberales. Es lo que se pregona en nuestra filosofía. ¿Te gustaría probar?

—Mira…—dijo Alex—, yo, en realidad…

—¡Hombre, tú eres nuevo! —dijo una voz que surgió desde el fondo del largo pasillo y sobresalió por encima del murmullo general, lo que hizo que todos callaran, a excepción de los dos amantes que en un rincón «seguían a lo suyo».

Alex se impresionó por aquel recibimiento que alguien le dirigía de forma tan efusiva. Intentó no mirar a nadie. El hecho de que muchos ojos estuvieran puestos en su persona aumentaba su timidez y no sabía cómo reaccionar.

—¿Cómo te llamas chaval? —preguntó el inesperado anfitrión.

—Me llamo Alex.

—Alex, muy bien, y dime Alex, ¿qué buscas, viajar, ser libre, qué alguien te ame con locura?

Alex se vio de repente en el centro de una reunión de personas que se fijaban en él esperando una contestación. Incluso la pareja que estaba intentando «relacionarse más», dejó su actividad para escuchar a Alex.

—Pues verá, yo en realidad quería hablar con el dueño.

Al oír esto, todos volvieron a sus quehaceres. Parecía que aquella respuesta era muy simple y falta de interés, por lo que decidieron olvidarlo de momento. El «dueño», como le llamó Alex, se acercó y le pasó el brazo por encima, como si se conocieran de toda la vida.

—Acompáñame —dijo de forma tan educada que Alex pensó si aquel tipo no sería una especie de diplomático.

Los dos llegaron al despacho que tenía grabado el extraño símbolo en la puerta. El anfitrión se sentó delante de una mesa, mientras Alex hacía lo mismo frente a él.

—Soy Fidel Castelo, el gerente, el jefe, el dueño, o como quieras llamarlo. Tu dirás.

Alex percibió en los ojos de aquel individuo algo familiar, como si lo conociera, aunque no sabía de dónde. Solo veía a una persona de edad madura, y de aspecto un tanto macilento, a su parecer.

—Mire, señor Castelo. Es una tontería, pero quiero preguntarle si conoce a un amigo mío. Al parecer vino hace una semana, y después no se le ha vuelto a ver. Ha desaparecido. La policía está investigando y no encuentran nada. Quizás usted…

—A ver, dices que tu amigo se llama Antonio, ¿no? No, no recuerdo…

—¿Cómo sabe que se llama Antonio? No le he dicho el nombre —respondió Alex alarmado por el desliz que pensó acababa de cometer aquel tipo.

Fidel Castelo se dio cuenta del error. De inmediato, se levantó de la mesa, y se dirigió a la puerta, la cual cerró para evitar no ser molestado.

—No quiero que nadie nos incomode —dijo.

—Oiga, ¿qué hace?, ¿por qué ha cerrado? Usted me oculta algo, ¿verdad? —dijo Alex.

—Mira, Alex, yo, aunque no te lo creas, soy Santi, ¿te acuerdas de mí?

—¿Qué Santi, el del bar? Venga, no me haga reír.

Fidel Castelo permaneció en silencio delante de Alex sin moverse. Solo lo miraba a los ojos. Alex descubrió en aquella mirada los rasgos del amigo de Antonio, de su otro compañero de Facultad, el mismo que estuvo en el bar invitándolos a la reunión de viajes astrales.

—¡Dios mío, es imposible! —terminó exclamando.

—Es una larga historia. Antonio estuvo aquí, es cierto. También dudó y se sorprendió como tú por esto que ves y por todo lo que le explicamos. Al final, decidió unirse a nosotros y colaborar.

—¿Colaborar en qué? —dijo Alex.

—Ser guardián de las cuatro dimensiones.

Alex no sabía que decir. O bien, el hombre que tenía delante era un embustero, o bien, se había equivocado de dirección, y estaba en un centro de acogida de enfermos mentales. Pensó que lo mejor era marcharse y dar cuenta a la policía de todo aquello. Además, Laura debería estar a punto de hacerlo dada la tardanza.

—Mire, Santi o como se llame, mejor me marcho. Creo que esto es una locura. Perdone, pero no le creo en nada, y veo que aquí están todos chiflados.

Se levantó y se dirigió de nuevo hacia la salida. En ese momento, la puerta se abrió y ante él se presentó el oriental del traje amarillo, impidiéndole avanzar. Alex, alarmado, miró hacia donde se encontraba Santi, exigiendo una explicación a la actitud del «chino».

—Lo siento chaval, pero no te puedo dejar ir así, sin más.

—¿Cómo? —dijo Alex alarmado ante aquella actitud.

—Has visto y oído demasiado… y necesitamos tu ayuda.

—¿Mi ayuda para qué? Ya le he dicho que esto es cosa de locos y me quiero marchar. No puede retenerme.

—Seguro que no, pero confío en que al menos quieras ayudar a tu amigo. Antonio Arias se perdió en el viaje, y solo alguien puede traerlo de vuelta. ¿Qué me dices?

Alex Portillo miró a Santi, que a su vez lo miraba con gesto de preocupación, casi suplicando.

VIII

TRAGICOS SUCESOS

Lugar: Tercera dimensión.

Espacio temporal: octubre de 1974.

Laura esperó, y esperó...pero cuando pasó el tiempo y Alex no regresaba hizo lo que habían acordado. De inmediato se puso en contacto con la policía. Después de tomarle declaración sobre los hechos, llamó también a los padres de Alex, y al cabo de una media hora se citaron en la comisaría. Allí, delante del inspector, volvió a contar lo sucedido y las sospechas que albergaban sobre la desaparición de Antonio Arias.

—¿Por qué no lo contasteis antes? —preguntó de nuevo el inspector.

Laguna era un joven policía. Parecía salido de alguna novela de Simenón por su aspecto. Le llamaban el «Maigret español», quizás por ser gordo y fumar en pipa. Era de un aspecto jovial, inspiraba confianza, y en ningún momento la chica se sintió coaccionada ni presionada para exponer los hechos.

—Temíamos que nos implicaran de alguna manera. Alex no tuvo nada que ver, él también ha desaparecido, y eso es lo que ha llevado a esta situación. Intentó buscar a su amigo antes de informar de lo que sabía, quizás por no estar seguro de lo que sospechaba. Y ese ha sido su error, y el mío —dijo Laura con un sentimiento de culpabilidad.

—¿Sabes entonces dónde fue a buscar a Antonio Arias?

—Claro, yo mismo lo acompañé, y me quedé esperando hasta que volviera. Me dijo que no entrara con él, y si tardaba, entonces avisara a la autoridad. ¿Temería algo? Dios mío, que tonta fui, no debería haberle hecho caso.

Laura lloraba. Los padres de Alex intentaban consolar a la muchacha, lo cual no impedía que la madre llevara la procesión por dentro. Se la notaba molesta, como si algo en su interior no «funcionara». Comenzó a temblar de tal forma que Luis Portillo tuvo que sostenerla entre sus brazos cuando estuvo a punto de desfallecer.

—Si se encuentra indispuesta, puedo avisar al servicio de urgencias —dijo Laguna.

—Gracias inspector, supongo que son los nervios y el disgusto —respondió Luis.

—Si quieren pueden marcharse y descansar. De momento no podemos hacer nada más. En cuanto a ti —dijo Laguna a Laura—, mañana nos acompañarás a la dirección que nos has dado y veremos que traman en aquel lugar.

Laura regresó a su casa. No le apetecía cenar, por lo que se fue a su habitación, y después de leer un rato, terminó por dormirse. Soñó con Alex, pero no fueron sueños vividos con anteriorioridad, sino que le parecía verlo en un lugar imposible de describir, un mundo fantástico, donde las sombras se desplazaban sin impedimentos físicos. No reconocía a nadie, salvo el rostro de Alex. Era como una fotografía en color en la que abundaban más los claroscuros y los grises. Y allí, en el centro, Alex le tendía una mano, pedía su ayuda, suplicaba que, desde el otro extremo, Laura lo atrapara y lo sacara de aquel agujero. Fue tal su angustia, que comenzó a farfullar palabras extrañas, cada vez con más fuerza, y terminó gritando su nombre.

—¡¡ALEX!!

Se despertó bañada en sudor. No tenía duda de que algo malo le había ocurrido. Pero ¿qué? Después ya no pudo conciliar el sueño. En su mente la imagen de Alex no dejaba lugar al descanso.

Luis Portillo pasó la noche en el servicio de urgencias del hospital. Su mujer, se vio afectada de tal manera por todos los acontecimientos que no hubo más remedio que ingresarla. La noche discurrió entre la angustia por la desaparición de Alex, y las pruebas a las que sometían a Leonor para determinar el alcance de sus dolencias. Fue una noche de soledad. La ausencia de familiares cercanos hacía que su tristeza y abatimiento se hiciera insoportable. Cuando dieron las cuatro de la mañana, el médico apareció por una de las puertas que daban acceso a la sala de espera.

—¿Luis Portillo?

Tras entrar en un despacho, donde varios residentes observaban una placa del pecho de Leonor, el médico le dio la fatal noticia, no por ello menos inesperada para Luis.

—Señor Portillo, siento comunicarle que su mujer tiene un cáncer de mama con metástasis generalizada.

Luis cayó en un estado de abatimiento. Todo parecía derrumbarse a su alrededor: su hijo desaparecido, y ahora…

La mujer de Luis permaneció ingresada, y Luis no se movió de su lado.

Era lo único que tenía en estos momentos tan complicados.

El inspector Laguna dispuso una investigación en toda regla. Al día siguiente, Laura se presentó en la comisaría tal como acordaron, con la intención de hacer una visita al domicilio donde según los indicios habían desaparecido tanto Antonio Arias como Alex Portillo.

Decidieron presentarse como simples curiosos. No querían llamar la atención ni levantar sospechas.

Laguna, con su pipa, echaba humo, perfumando de un aromático olor a vainilla todo lo que lo rodeaba. Como el día se presentó inestable y una ligera llovizna los pilló sin paraguas, tuvieron que refugiarse en una cafetería mientras escampaba. Después siguieron el camino hasta la casa. Tras subir en el destartalado ascensor, llegaron a la vivienda. De una de las puertas colindantes, una mujer, en bata de estar por casa abrió y saludó.

—Buenos días —dijo—, si buscan alguien ahí, ya les digo que se marcharon ayer por la noche. Armaron un jaleo tremendo. Se llevaron muebles, cajas y no sé cuántas cosas más.

—Gracias, señora —contestó Laguna—. ¿Y dice usted que fue ayer por la noche? ¿Vio cuántos hombres había? ¿Sabría describirme a alguno de ellos? —insistió el inspector.

La mujer ante tantas preguntas se puso nerviosa e intentó cerrar la puerta de su casa, por lo que Laguna tuvo que intervenir para tranquilizarla.

—Señora, no se asuste, soy policía, y esta señorita —dijo señalando a Laura— es mi…ayudante.

—Miren —dijo la mujer—, no quiero líos. Eran tres hombres, uno de ellos parecía chino. Los otros, no sé, nada especial.

—¿Vio usted si uno de ellos era joven, como de unos veinte años o así? —dijo Laura expectante.

—¿Joven?, no, eran ya maduritos, cerca del medio siglo o más, y el chino más o menos, aunque este iba con una especie de túnica amarilla…espere —dijo la mujer como si de repente algo le hubiera iluminado el pensamiento—, creo que en la espalda llevaba dibujado algo, pero no recuerdo muy bien, era un poco raro.

—¿Podría hacer un esfuerzo? Es importante —dijo Laguna mientras encendía la pipa—. Mire le voy a dejar un trozo de papel y un bolígrafo. ¿Sería capaz de hacer un dibujo aproximado?

Laguna sacó del bolsillo de su gabardina una libreta y un bolígrafo y se lo dio a la mujer. Esta comenzó a garabatear algo.

—¿Te suena de algo? —preguntó a Laura.

—Es la primera vez que veo algo así.

—De acuerdo señora, muy agradecido —dijo Laguna mientras se despedía de la mujer.

Cuando bajaron a la calle, el inspector pensó que solo quedaba por hacer una cosa.

—Pediremos una orden judicial para entrar en la vivienda. Si no encontramos nada tendremos que ponerlo en manos de la Guardia Civil.

A los dos días, y con la orden del juez, la casa fue investigada, y tal como se temía Laguna, no encontraron ni una sola pista. Es más, la vivienda parecía haber estado deshabitada desde hacía mucho tiempo. Ni una sola huella, ni un solo indicio que pudiera dar con el rastro de alguno de los jóvenes desaparecidos.

Pasaron los meses y el caso se cerró sin resultados. La madre de Alex falleció, y Laura siguió con su vida de estudiante, con el recuerdo imborrable de Alex Portillo. Tanto él, como Antonio Arias, fueron dados por desaparecidos.

IX

ALGO INESPERADO

Lugar: Tercera dimensión.

Espacio temporal: junio de 1979.

Laura estaba a punto de acabar sus estudios. Pocos días antes, la promoción del último curso decidió organizar una fiesta de despedida en una discoteca cercana, Las Rejas. A ella asistieron tanto alumnos, como amigos y familiares de estos. Laura fue acompañada por una de sus mejores amigas, Tere Bocanegra, y como era normal, no les faltaron pretendientes para sacarlas a bailar, entre otras cosas. Por la cabeza de Laura ya no concurrían los recuerdos de la ausencia de Alex como le había ocurrido hasta hacía bien poco, pero eso no quitaba para que de vez en cuando le asaltara la imagen de aquel chico que casi estuvo a punto de ser su novio.

Solo faltó algo de tiempo. Aquella noche las copas iban y venían, la música sonaba, y más de uno se iba de la lengua sin recato alguno. En una de las ocasiones que se dirigió a la barra a pedir un par de vasos de ginebra con limón, encontró a unos compañeros que discutían entre ellos, retándose por algo que en un principio no le llamó la atención, hasta que una palabra salió de la boca del que parecía estar más colocado por el efecto del alcohol: «viaje astral». Laura dejó caer los vasos por lo inesperado de aquella frase, lo que hizo que los chicos se volvieran.

—Eh, ¿qué te pasa, tía? —dijo uno de ellos. Laura lo conocía, se llamaba Gonzalo. Era uno esos repetidores empedernidos, a los que su herencia familiar le permitía establecerse en la universidad como un objeto inalterable y estático.

—¿Quién ha dicho algo sobre viajes astrales? —dijo, intentando parecer interesada.

—¿Te gustaría probar? Pues estás en el lugar adecuado para que te informen.

Quién habló era un joven al que Laura no había visto jamás. Tenía unas gafas estrechas, parecidas a las de un cantante italiano famoso. Le pareció demasiado locuaz para ser tan joven.

—¿Sí? Pues estaría encantada de recibir esa información. Verás, soy una gran aficionada a lo extraño, ya sabes, lo paranormal. ¿Tú has hecho algo de eso? Tienes pinta de ser un tío que me puede enseñar mucho.

Laura pensó si no estaría siendo demasiado atrevida. Se trataba de conseguir información ante lo que parecía algo importante después de tanto tiempo, pero temía que la tomaran por otra cosa, una especie de hippie.

—Pues lo creas o no, sí te puedo enseñar más de lo que crees —dijo el chico de las gafas—. Te voy a dar una dirección para que te pases mañana —sacó un papel y apuntó el nombre de una calle—.

¿Vendrás? A partir de las seis de la tarde me encontrarás allí. Y ahora, tómate una copa con nosotros.

Todos los que rodeaban al joven rieron al unísono, como si tuviera una fuerza de atracción que le hacía ser muy popular.

—No, gracias. Por cierto, ¿cuál es tu nombre?

—Llámame Santi —respondió mientras encendía un pitillo a lo Bogart.

El inspector Laguna se convirtió en algo más importante de lo que Laura pensó cuando lo conoció. De eso ya hacía cinco años. Si por entonces, Laguna era un joven policía, ahora continuaba igual, pero más famoso. Intervino en varios casos de desaparecidos con gran éxito, lo cual lo catapultó a la cumbre. Sin embargo, no aspiraba a cargos importantes. Para él lo más agradable era su trabajo en la comisaría del distrito Tetuán, tener su despacho limpio, y su pipa a punto.

Cuando aquella mañana se presentó en su «guarida», como él la llamaba, lo avisaron de una visita especial.

—¡Por todos los demonios! Laura Cabrera en persona después de tanto tiempo. ¿Cómo estás muchacha? Toma asiento. ¿Quieres un café?

Laura no quería perder tiempo, le corría prisa contar lo que sabía.

—Inspector, tengo algo sobre lo que usted ya sabe. Después de años de silencio, igual es importante.

Tras las explicaciones sobre lo sucedido la noche anterior, Laguna decidió pasar a la acción. ¿Por qué esperar hasta las seis de la tarde? Si ese individuo le dio una dirección, quería decir que en ese momento allí habría alguien.

—Laura, nos vamos ahora mismo. ¿Me acompañas o prefieres mantenerte al margen?

—Por supuesto que voy con usted —respondió Laura con decisión.

El coche de Laguna era un destartalado Renault gordini del 60, pero por respeto a su padre, decidió conservarlo. Además, no llamaba la atención, o eso creía. El trayecto no duró más de veinte minutos, ya que no encontraron tráfico denso. El destino estaba situado en el barrio de Carabanchel. Se trataba de un piso en la planta baja, por lo cual, y para satisfacción de Laguna, le evitó subir escaleras. El inspector se aproximó a la puerta y llamó al timbre. Al cabo de unos segundos escucharon unos pasos aproximándose, y alguien comenzó a descorrer la cerradura. Ante ellos apareció un joven con gafas y en calzoncillos, con aspecto de recién levantado de la cama. Laura no pudo menos que sonreír ante el aspecto tan ridículo que presentaba.

—Qué quieren, ¿quiénes son ustedes? —dijo.

—Perdone, ¿es usted el propietario de esta vivienda? —replicó Laguna.

Laura se acercó al inspector, y en voz baja le susurró algo. Laguna asintió a lo que la chica le comentó.

—¿Se hace llamar usted…Santi?

El joven miró extrañado al inspector y a Laura. En ese momento se dio cuenta de su aspecto, y volvió al interior para buscar un pantalón y cubrirse algo más.

—Con su permiso vamos a entrar —dijo Laguna.

Laguna y Laura miraron cómo el joven se vestía deprisa sin importarle la presencia de aquellos dos extraños.

—Tú eres la chica de ayer, ¿verdad? —dijo Santi mirando de reojo a Laura.

Laura lo confirmó con una leve inclinación de cabeza, pero no pronunció palabra. Laguna tomó asiento mientras encendía la pipa.

—Mire —dijo el inspector—, queremos hacerle unas cuantas preguntas. Soy Laguna, policía. A Laura creo que ya la conoce.

—Oiga —dijo el chico, mientras se limpiaba las gafas—, yo no he hecho nada. Le juro que no he tocado a esta chica.

—Sí, lo sabemos. Usted no ha hecho nada. Pero sí sabe algo de viajes, ¿no es cierto?

El joven miró a Laguna y a Laura sin saber que contestar. Volvió a ponerse las gafas y sin inmutarse respondió.

—Si se refiere a viajes astrales, lo sé todo. De hecho, soy un experto. ¿Quieren que les haga una demostración?

Laguna y Laura se miraron el uno al otro. Parecía que tenían algo en lo que trabajar.

X

¿DÓNDE ESTÁ ALEXANDRO PORTILLO?

Lugar: Tercera dimensión.

Espacio temporal: junio de 1979.

—De acuerdo, pues empieza a contarnos lo que sepas —dijo Laguna.

Laura quiso preguntar, pero ante la indicación del inspector decidió callar por el momento.

—¿Qué quieren que les diga? Soy aficionado a las ciencias ocultas, y todo lo relacionado con ellas me apasiona.

—Y te dedicas a captar clientes y adeptos, por lo que me han dicho.

—¿Quién se lo ha dicho? —dijo Santi con cierta inquietud. Temía que algo se le hubiera ido de las manos.

—Dímelo tú, ¿seguro que no ocultas nada que te pueda culpabilizar?

Laura no pudo más y lanzó la pregunta que más deseaba realizar.

—¿Conoces a Alex Portillo? —dijo con vehemencia.

Santi la miró. Se levantó de la silla, y con las manos en los bolsillos y la mirada baja, pensó que lo mejor era decir lo que sabía sobre el tema. Después de todo ya estaba cansado de tener que ocultar ciertos hechos de los que él no se responsabilizaba.

—Verán, es una larga historia.

—¡O sea, que sí lo conoces y sabes dónde está! —gritó Laura, encarándose con Santi.

Laguna la tomó por el brazo para tranquilizarla.

—Pues, comienza por el principio. Somos todo oídos —dijo Laguna mientras encendía la pipa por tercera vez—. No tenemos prisa.

Santi tomó asiento de nuevo. Con las manos en el rostro, parecía que le costaba contar el relato, pero hizo un esfuerzo.

—Hace unos cinco años, mi amigo Tomás Iriarte y yo, montamos un instituto dedicado al ocultismo y la parapsicología. Solo lo hicimos pensando en pasar el tiempo libre, por afición. No buscábamos nada más que distraernos y experimentar algo nuevo. Al principio, como ya le digo, éramos dos. Al poco tiempo comenzaron a unirse conocidos y amigos que compartían la misma afición, y el grupo fue aumentando. Tomás Iriarte, mi socio, viajó a la India, al Tíbet y países próximos, buscando adeptos e información con la que aumentar nuestros conocimientos y la capacidad de penetrar en la sociedad. Queríamos formar una especie de club, por llamarlo de alguna manera, a nivel mundial. Por lo que habíamos escuchado, ciertas prácticas mentales podrían conseguir una especie de interconexión entre todos, y crear un mundo distinto dentro de una de las dimensiones existentes cuando se viaja fuera de la corporeidad, e incluso poder desplazar el mismo cuerpo mortal a otra dimensión. ¿Saben una cosa? Uno de los primeros abonados a nuestra sociedad, al que llamaban Kensho 2, llegó a descubrir que cuando los mayas se percataron que su civilización iba a encontrarse con los conquistadores españoles y quedar condenados, transportaron muchos templos y personas a la cuarta dimensión. Algunos de estos templos se convirtieron en montañas en la tercera dimensión, mientras que los templos mismos y las personas son invisibles para nosotros. Así que uno podría llevar el cuerpo físico a la cuarta, transportar el cuerpo físico a grandes distancias y al final regresar a la tercera, en un lugar diferente. ¿Se dan cuenta? Es una especie de teletransporte.

Laguna y Laura se miraron sorprendidos. Toda aquella disertación parecía delirante.

—Perdone, Santi, o como se llame —dijo Laguna mientras sacaba del bolsillo el dibujo que hizo la mujer años atrás, el cual conservaba todavía, aunque con la tinta un poco desleída—. ¿Le suena de algo este bosquejo?

—Sí, claro. Es el nudo infinito. Un símbolo que representa lo espiritual, el tiempo y el movimiento dentro de la eternidad —respondió Santi mientras se ajustaba las gafas con aire de intelectual.

—¿Y qué tiene que ver con la desaparición de Alex? —preguntó Laura, cada vez más incómoda ante las faltas de respuestas a lo que ella deseaba conocer en realidad.

---

2 Kensho, *Viajes Astrales y Sueños lúcidos. La guía práctica para explorar en plano astral.*

—Alex está dentro de uno de esos mundos dimensionales de los que les hablo. Vino buscando a un compañero de estudios, un tal Antonio Arias, el cual a su vez había desparecido. Pero algo falló en ambos casos, y no volvieron.

—Luego ¿están vivos? —dijo Laura.

—No lo puedo asegurar.

—¿Y cómo podríamos saberlo? —preguntó Laguna.

—Habría que ir a buscarlos.

Laguna dio una bocanada a su pipa, y con los ojos semicerrados parecía que iba a dormitar. Luego preguntó.

—¿Algún voluntario para el viaje?

—Yo iría encantada —dijo Laura.

—Pero no puede ser ahora —respondió Santi—. No tenemos efectivos.

—¿Qué quiere decir con efectivos?

La habitación dónde se encontraban iba llenándose de una espesa nube aromática procedente de la pipa de Laguna. Cada vez que tenía que preguntar algo, sorbía por la boquilla varias veces y exhalaba una mezcla de humareda y virutas lo que hizo que Laura comenzara a toser.

—Bueno, hace tiempo contaba con la ayuda de mi socio, Iriarte, pero este… también despareció buscando a los dos jóvenes.

—Perdone —insistió el inspector—, ¿no trabajaba con usted un individuo de especto oriental? Alguien nos comentó en su día que era un tipo con una túnica amarilla…

—Sí, hombre, el chino. Se fue, nos abandonó cuando vio lo de los desaparecidos. No quiso correr la misma suerte según nos dijo. Era muy supersticioso.

—Por lo que veo, sus prácticas no son nada seguras —dijo Laguna.

—El problema no son las prácticas en sí, sino lo que te puedes encontrar en el lugar adonde llegas.

—¿El lugar? ¿Y qué te encuentras allí? —dijo Laura.

—No lo sé. Yo no he ido nunca, pero por lo que me han dicho algunos, lo peor es la desubicación. Estás fuera de tu tiempo, y quizás rodeado de gente que no te conocen y te impiden volver —contestó Santi.

La experiencia de Laguna le hacía pensar que aquel tipo mentía. ¿Cómo era posible que alguien dedicado a esos supuestos viajes no los hubiera realizado nunca?

—¿Por qué no denunció la desaparición de los dos jóvenes en su momento? —preguntó Laguna.

—Porque eran compañeros míos en la Facultad, y no estaba dispuesto a ir a la cárcel, entiéndalo. Quise buscarlos, pero me fue imposible. Entre una cosa y otra, todos me abandonaron. Intenté regresar a mi tiempo y no obtuve ayuda.

—¿Su tiempo? —dijo Laura con gesto de sorpresa.

—Sí, claro. Yo no soy de esta época. Ustedes me ven como un joven de la edad de Antonio y Alex, pero en realidad yo soy más mayor. Mi edad real es de..., ¡bah!, qué más da, no me creerían. Por cierto, mi nombre es Fidel Castelo, pero en este periodo temporal, me hago llamar Santi.

El inspector pensó que aquel tipo, o bien les tomaba el pelo o estaba como una regadera. Ya no tenía duda que fingía.

—Pues nada, Santi, nos vamos a comisaría, y allí tendrás tiempo de hacerte viejo otra vez, por lo menos hasta que se aclare todo esto de una puta vez —dijo Laguna expulsando una bocanada de humo.

Laura pensó que debía reencontrarse con Alex de nuevo. Pero necesitaba la colaboración de Santi… o Fidel Castelo.

Aún a costa de lo que fuera necesario.

XI

CONFLICTOS

Lugar: Tercera dimensión.

Espacio temporal: octubre de 1974.

Alex decidió hacer el viaje. Le pareció oportuno anotar en su agenda personal la fecha en la que iba a partir en busca de Antonio Arias. Nunca se sabe si aquello podría servir, como si fuera la bitácora de vuelo del Enterprise, solo que la nave sería él mismo. Por su reloj eran las 11: 00 de la mañana, del día 22 de octubre de 1974. Tomás Iriarte le hizo entrar en una especie de cápsula transparente, en el interior de la cual solo escuchaba la música proveniente de un pequeño altavoz lateral. Era una melodía que incitaba a la relajación. Con antelación, el «chino» le proporcionó un brebaje que parecía una infusión de yerbas malolientes, a la vez que le inyectó diez miligramos de diazepam para relajarse. Las órdenes de Iriarte eran precisas. Iría entrando en una especie de sopor, cada vez más profundo, y terminaría inconsciente. Pero no debía preocuparse. Al cabo de unos instantes despertaría y tendría que repetir varias veces una frase, al parecer intrascendente, pero que serviría para que se mantuviera atento a lo que sucediera a su alrededor. Alex comenzó a introducirse en un mundo de ensoñaciones. Tras unos breves instantes en los que le sobrevino un estado de vigilia, hizo lo mandado y repitió las palabras: «Estoy despierto y soy yo mismo». El lugar en el que se encontraba ya no era la habitación ni la cápsula que lo contenía. Era otro lugar, distinto, abierto, una explanada en la que no parecía existir vida. No sabía si en verdad estaba soñando, y tal como le advirtió Iriarte sería un sueño lúcido, es decir, estaría soñando, pero tendría consciencia de ese sueño, y podía manejarlo a su antojo. No dudó en poner en práctica alguno de sus consejos: saltar —lo cual hizo con facilidad— , girar las manos y tocarse la cara —llegó a pellizcarse y sintió dolor—, y gritar: el sonido resonó con un eco que hasta a él mismo lo hizo estremecer. Pero de pronto, al mirar atrás, vio algo que lo paralizó: se vio a sí mismo, dormido, tumbado en aquella especie de cápsula en el cuarto donde había quedado inmovilizado. Una especie de hilo plateado lo mantenía conectado de forma inmaterial. Por un momento dejó de visualizar su cuerpo, comenzó a sentir angustia, y se acordó que no debía mirar a su propia imagen bajo ningún concepto, si no volvería al principio, y perdería la capacidad de… ¿volar? Sí, eso era. Debería volar. Escapar de aquel lugar de desolación. Y supo que podía hacerlo. Dio un salto, agitó los brazos como un pájaro, tal como alguna vez había soñado hacer. Y planeó. Surcó una gran distancia dejando la tierra y cuantas montañas su imaginación le puso ante sus ojos. ¿Era real todo aquello? No importaba. Estaba flotando en el aire, surcando el cielo como un ave, y su propósito era buscar a su compañero.

Tomás Iriarte vio como Alex entraba en fase REM, y las ondas cerebrales theta eran las predominantes. Había pasado de la tercera dimensión a otra superior, donde cualquiera podía manejar su cuerpo sin límites, tanto la forma física aparente como la psíquica. Pero ¿qué podría encontrar allí? Él mismo había surcado en alguna ocasión aquel lugar, no estaba seguro de que el otro muchacho, Antonio Arias, permaneciera vivo. Y, sin embargo, no había dudado en acceder a que marchara en su busca. Él lo quiso así, y si no sobrevivía podría ser lo mejor para todos.

—¿Está hecho?

Quién preguntó era Fidel Castelo. Pensaba que lo mejor hubiera sido dejar que Antonio Arias fuera olvidado y no mezclar a nadie en todo aquel asunto, pero la presencia de Alex no le dejó otra solución.

—Sí. No creo que encuentre a su compañero. Hay demasiados mundos en la cuarta dimensión, tú lo sabes muy bien, y podría estar en cualquiera de ellos y desaparecer para siempre. No debes preocuparte por lo que pueda descubrir, no regresarán.

—Espero que tengas razón —apuntó Castelo.

—Tú fuiste el que animaste a tu camarada de universidad para experimentar el viaje —respondió Iriarte—. Y antes de que acudiera a tu invitación ya te avisé que había algo en él que me preocupaba. No lo veía capacitado para mantener su forma corpórea en situaciones distintas a las habituales. Era un muchacho débil de carácter.

—Y si es así, ¿por qué no fuiste tras él? No deberíamos haber provocado que alguien se interesara por su ausencia. Ahora, tendremos al populacho interesado en la suerte que hallan corrido estos dos. Y es algo que me temo que no tardará mucho en suceder.

Fidel Castelo quedó pensativo por un instante, intentaba buscar una salida a lo que podía suponer un serio contratiempo. Pero fue solo un segundo, porque aquella situación era propicia para sus verdaderas intenciones.

—Te propongo algo —dijo con gesto serio.

—Me vas a pedir que ahora yo siga los pasos de los chavales, ¿verdad? Y los traiga de vuelta, claro... —contestó Iriarte con expresión esquiva.

—Considéralo todo un desafío para la imaginación —respondió Castelo mirando fijamente a su socio.

Iriarte permaneció pensativo. No estaba seguro si aquello respondía a un mero hecho objetivo o había algo más. Desde hacía algún tiempo desconfiaba de las intenciones de Castelo.

—De acuerdo —respondió Iriarte resignado—, pero debemos darnos prisa. Es posible que mañana nos estén buscando, y debemos desmantelar todo el entramado.

Fue solo cuestión de minutos. Tomás Iriarte siguió los pasos de Alex Portillo. El punto de inicio era el mismo, y el final...la cuarta dimensión.

Ahora debería buscar a dos tipos perdidos, si es que vivían aún.

Mientras, en el lugar de partida, Fidel Castelo, miró el cuerpo dormido de su socio. Sus planes seguirían adelante sin la interferencia de Tomás. Este siempre había siso un estorbo para sus aspiraciones, y ahora tenía vía libre para llevarlas a buen puerto.

Recogió el cuerpo de su compañero y se deshizo de él.

Un obstáculo menos del cual preocuparse.

Otro menos.

Ya perdió la cuenta.

XII

AL OTRO LADO DE LOS SUEÑOS

Lugar: Cuarta dimensión.

Espacio temporal: no cuantificado.

Podía ver un estanque, un amarradero y un estrecho camino de madera que conducía hasta unas pequeñas embarcaciones. De espaldas a él había alguien que, por su pelo blanco y lacio, y su enjuto cuerpo, le pareció que se trataba de un anciano. Sentado en el borde, con los pies descalzos tocando el agua, salpicaba como si de un niño se tratara. Con una de las manos sujetaba una caña de pescar y con la otra mano le hacía señas para que se acercara.

—Te esperaba desde hace tiempo —dijo el viejo sin volver su cabeza para mirar a Iriarte.

—¿De qué me conoces?

—Estoy en tu interior. ¿No te acuerdas? Tus pensamientos me dieron forma, me hicieron salir del fondo de tu imaginación y me trajiste a este mundo. Aquí los sueños de todos se hacen realidad.

—Yo estuve una vez aquí, y nunca te vi —dijo Iriarte.

—No te hice falta. Pero como ahora buscas respuestas, necesitas mi ayuda. Quieres solucionar una equivocación y no sabes cómo hacerlo. Y me has materializado en tu sueño.

—¿Cuándo te creé? No lo recuerdo.

—Ven —dijo el viejo—, observa.

—¿Qué quieres que mire? —dijo Iriarte mientras se asomaba al borde del lago.

El agua cristalina reflejó como si fuera un espejo la imagen de Antonio Arias y Alex Portillo.

—Veo que sabes lo que busco. Igual podrías ayudarme a encontrarlos.

—Acércate, pon tu mano en mi cabeza.

Tomás Iriarte pensó que no tenía nada que perder. Se acercó y puso la mano en la frente del anciano. Notó la rugosidad de su piel, y al mismo tiempo experimentó una onda de sensaciones, una corriente de energía recorrió su cuerpo. Percibió voces, rostros, luces, y en medio de todo aquello pudo ver a los que buscaba. Pero ¿dónde? Eran ubicaciones irreconocibles. Pero en todas ellas había algo en común.

Notaba el miedo y, sobre todo un peligro latente para los muchachos.

Pero también percibió algo más. Parecía que su cuerpo real, en el lugar dónde lo vio la última vez, comenzaba a disolverse. Era la extraña sensación de perder el anclaje con la tercera dimensión.

Y temió que estuviera sucediendo. Si es lo que presentía, Fidel Castelo había roto su salvaguarda, su vía de escape.

Su socio, había decidido suprimirlo. Era lo que pretendía desde el principio. De esta manera quedaba exento de toda culpa.

Y él quedaría cautivo para siempre en un mundo del cual jamás podría escapar.

XIII

ANTONIO ARIAS

Lugar: Cuarta dimensión.

Espacio temporal: no cuantificado.

Nada más percibir la separación de su envoltura material, Antonio experimentó una sensación de libertad como jamás había podido imaginar. «Claro —pensó—, es que estoy soñando». Era justo lo que le habían comentado: «Entrarás en una especie de sopor en el que podrás verte a ti mismo dormido, pero no te confundas, estarás despierto». Se encontraba tumbado en una pradera, su visión percibía un cielo azul sin apenas nubes y un terreno donde los árboles llegaban hasta un horizonte que parecía no tener fin. Comenzó a caminar. Como aún le fallaban las piernas por la inexperiencia del nuevo mundo, tropezó, y cuando estuvo a punto de caer, tuvo el deseo de mantener el equilibrio, lo que no solo consiguió hacer, sino que de un salto llegó hasta las ramas altas de una encina que junto a él parecía reírse de aquella torpeza. «Santo Dios»—dijo, sin saber aún que, en aquel mundo, todo era posible si lo deseaba. No había límites a la imaginación, no existían leyes físicas como las de la tercera dimensión. Y tal como subió, volvió a poner los pies en el suelo sin apenas esfuerzo. Después de un buen rato, en el que los saltos y los intentos fallidos de volar fueron la única distracción, llegó a un despoblado en el que las ramas de un viejo olivo, parecían erguirse apuntando hacia el cielo como una señal de tráfico de dirección única. Y junto a él, de rodillas y con las manos unidas en un acto de adoración, divisó a un hombre medio desnudo, con una sucia y ennegrecida venda que le cubría los ojos. Antonio se acercó con precaución sin tener la seguridad de que aquel hombre se percatara de su presencia, pero para su asombro este se volvió hacia él.

—¿Eres el que tiene que venir? —dijo.

—No sé ni dónde estoy, ¿cómo puedo saberlo?

—Me dijeron que un joven llegaría buscando respuestas, y creo que eres tú, por tu aspecto.

—¿Quién te lo dijo?

—A su debido tiempo lo sabrás.

—Entonces, dime, me ves a pesar de esa…cosa que te tapa los ojos. ¿Eres ciego?

—Tú puedes verme; entonces, ¿por qué piensas que yo no puedo hacerlo? Aquí todo es posible. Tú puedes saltar como un gato y volar como un pájaro. Yo puedo ver como un halcón peregrino. Y lo que veo en tu interior es el deseo de volver a tu casa. ¿Me equivoco?

—Me apunté a un extraño juego, y creo que ya me he cansado. He comprobado de qué va esto, y prefiero regresar —dijo Antonio con resignación.

—No puedes volver, todavía no. Debes esperar. Mientras, seguirás atado a las extensas tierras que forman este mundo.

—Pero ¿por qué no puedo? Me esperan. Tengo familia, estarán preocupados —respondió Antonio—. ¿Quién eres tú para decirme lo que debo hacer?

—Debiste pensarlo antes. Ahora otros se han involucrado en tu búsqueda y te deben encontrar. Si no, ellos permanecerán en este lugar para siempre. Tu presencia aquí ha originado un movimiento de fuerzas, y se han agitado las que sustentan la cuarta dimensión. Los que habéis llegado no sois parte de ella, y la convulsión interna ha propiciado que otros se opongan y reaccionen en vuestra contra.

—Otros, ¿quiénes son los otros?

—Lo sabrás a su tiempo.

—A su tiempo, a su tiempo —repitió Antonio molesto—, pero ¿quiénes me buscan?

—Amigos y enemigos. Y por tu bien, será mejor que sean tus amigos los que te encuentren antes. Ahora, vete. Yo debía advertirte, no puedo hacer nada más.

—No me has dicho quién eres ni por qué me has contado todo esto. ¿A dónde iré?

El misterioso ciego, que hasta entonces había permanecido arrodillado en actitud orante, se puso de pie, levantó los brazos, y siguiendo la dirección que marcaban las ramas del viejo olivo, comenzó a subir hacia una nube que sostenía una multitud de figuras encapuchadas que entonaban una dulce melodía. Y tan pronto como subió, se alejó, como si la niebla que los mantenía en suspensión hubiera sido arrastrada por el viento. Y donde antes hubo una multitud, ahora solo podía ver un agujero oscuro del cual salió una mano gigantesca que con el dedo índice le indicó el camino a seguir. Antonio supuso que en aquel mundo cualquier cosa podía ocurrir. Al fin y al cabo, todo era un sueño, un sueño lúcido del que podría despertar en cualquier momento si lo quisiera, tal como le sugirió Iriarte.

Por tanto, decidió volver. Se concentró y se dijo a sí mismo las palabras apropiadas: «despierta, debes regresar», que eran las que todos los manuales de los sueños y viajes astrales recomendaban, así como la autosugestión y la interiorización del pensamiento abstracto. Esperó unos instantes con los ojos cerrados. Quiso verse a sí mismo tumbado, dormido, tal como estaba al comienzo de aquel viaje. Volvió a abrir los ojos. Por desgracia permanecía en el mismo lugar: la pradera y un árbol solitario, que ahora estaba marchito, como si el tiempo hubiera pasado por él y lo hubiera secado.

Y comenzó a darse cuenta de que en realidad estaba perdido, dentro de un sueño que no respondía a sus deseos y voluntad.

Incluso pensó si no estaría muerto, y aquel lugar era una especie de limbo.

XIV

ALEX

Lugar: Cuarta dimensión.

Espacio temporal: no cuantificado.

Después de haber sobrevolado lo que para él fueron cientos de kilómetros a gran altura, Alex aterrizó en un campo colmado de unas flores de extraordinaria belleza y que parecían rendir pleitesía a una extraña figura. Fue avanzando muy despacio y, vio con espanto, que aquella efigie no era humana. Era un rostro del tamaño de un hombre, en el cual un inmenso tercer ojo en la frente se movía de un lado a otro, y de arriba hacia abajo, intentando abarcar todo el campo de visión posible a su alrededor. Aquello le recordó el movimiento de las órbitas oculares de los camaleones.

—¡No te acerques, mortal! ¡No eres digno de pisar este terreno!
—dijo aquel rostro de mirada impenetrable.

Alex dudó ante aquella advertencia. Sabía de lo absurdo de aquellos sueños, pero lo inverosímil del rostro ciclópeo que se presentaba ante él, y el aviso tan lleno de ímpetu, lo pusieron en alerta.

—No es mi intención de molestar. Soy nuevo en este mundo y no conozco las reglas —dijo Alex, disculpándose.

—Eres forastero entonces, ¿eh? En ese caso te perdono la vida. Soy Magnus, rey de Filantropía. Me llaman así porque soy el más grande de los hacedores del bien. Me hicieron rey por real decreto, y yo fui quién lo decreté. ¿Qué te parece?

—No tengo nada que decir a eso. No sé de leyes ni decretos. Soy estudiante de ciencias, y no nos enseñan derecho penal ni de otro tipo —ante lo absurdo de aquella pregunta, Alex decidió seguirle el juego.

—Ya lo veo. Eres un pobre inculto. Deberías haber estudiado otra cosa. Pero dime, ¿qué buscas?, y no mientas, por favor, soy muy susceptible a los engaños.

—A un amigo. Se perdió. O eso dicen —dijo Alex preocupado.

—No sé si podré ayudarte. Yo no puedo moverme. Ya ves, soy un simple rostro, con autoridad, eso sí, pero no puedo actuar más que con mis consejos. A menos que… ¿quieres ser mis piernas?

Alex pensó que aquel ser se burlaba de él. Como todo era un sueño lúcido, imaginó que en cualquier momento saltaría a otro lugar solo con pensarlo.

—Sí, claro. ¿Qué debo hacer?

—Tómame en tus brazos.

Alex se acercó. Intentó levantarlo, pero pesaba demasiado. Después de varios intentos, desistió.

—Ya ves que no puedo, estás encajado en el terreno.

Ante la sorpresa de Alex, aquel ser ciclópeo, Magnus el rey, se echó a llorar. Alex tuvo que consolarlo debido al escándalo que estaba organizando el supuesto monarca.

—Bueno, no todos somos perfectos —dijo Alex—, tú eres rey, y yo un simple mortal que vago por un territorio ignoto. Tú sabes más que yo sobre cosas que jamás aprenderé. Tengo piernas, pero tú tienes un gran tercer ojo. Seguro, que puedes ver a distancia.

—Sí, es verdad. No lo había pensado. A ver, dime, ¿a quién buscas?

—Mi amigo se llama Antonio Arias. Es como yo más o menos.

Magnus cerró el tercer ojo mientras que con los otros dos miraba a su alrededor. De pronto, abrió de nuevo su ojo mitológico. Parecía que había oteado algo por la expresión de su labio superior, el cual esbozó una extraña sonrisa.

—Sí, lo he visto, pero te advierto que si lo encuentras tendrás que decidir entre él o tú mismo.

—¿Qué quieres decir? —dijo Alex, aturdido ante aquella aseveración de Magnus.

—Lo sabrás cuando lo halles.

XV

TOMÁS IRIARTE

Lugar: Cuarta dimensión.

Espacio temporal: no cuantificado.

Al fin se dio cuenta de que su socio y compañero Fidel Castelo, lo había traicionado. ¿Qué si no podía significar que su cuerpo no apareciera cuando intentaba despertar? Por otro lado, la ausencia del llamado cordón plateado que le proporcionaba un punto de unión con su materia corporal, aparecía desdibujado, lo cual era mala señal, y sabía que cualquier esfuerzo por regresar sería en vano si no tenía un soporte dónde almacenar su consciencia. Ante la incertidumbre y no saber a ciencia cierta cuál era su destino, pensó que lo mejor sería seguir adelante y buscar a los chicos. Si su vida había terminado, al menos lo haría prestando su ayuda a los muchachos. Ellos, sin proponérselo, habían sido víctimas también de un engaño, y no merecían acabar perdidos en un mundo inhóspito, o al menos extraño para sus escasos conocimientos de los viajes interdimensionales.

Cuando dejó atrás al viejo del embarcadero, optó por seguir vadeando el lago, el cual se extendía entre un estrecho desfiladero, rodeado de laderas escarpadas, y una zona llana, en cuyo terreno parecían haber sembrado girasol. Salvando de vez en cuando el agua por las zonas menos complicadas, ascendió por una pendiente que terminaba en una planicie, donde vio una cabaña que por su aspecto parecía haber estado abandonada desde hacía tiempo. No era la clásica vivienda rural, sino que se asemejaba más a un refugio de montaña. Tenía unas paredes gruesas de ladrillo, y no presentaba ninguna ventana que diera al exterior. Eso sí, por la chimenea salía un humo negruzco, señal de que había alguien en el interior. Se aproximó hasta una puerta abierta de par en par, y miró desde cierta distancia, pero debido a la oscuridad, no podía distinguir nada, salvo un ligero reflejo de luz proveniente de algún punto que no podía percibir.

—¡Ahí dentro, ¿vive alguien?! —gritó.

No hubo respuesta. Se acercó con precaución, y cuando estaba a punto de pisar el umbral de la puerta, algo lo sujetó del cuello, tiró de él hacia el interior, y se fue de bruces contra el suelo. Tomás Iriarte, sorprendido por aquel ataque inesperado, se levantó, tal como lo haría cualquiera que en un sueño padeciera una afrenta como aquella, y se dispuso a plantar cara al enemigo. Para su sorpresa, y a pesar de la penumbra que lo rodeaba, distinguió que su contrario no era humano. Mirándolo con fiereza, un simio, un mono grotesco, parecía buscar una explicación a la presencia de Tomás.

—¿Quién soy? —le dijo el mono.

—No lo sé. Eres un simio quizás, por tu aspecto diría más bien que pareces un chimpancé.

—Lo sabía —dijo el mono con voz entrecortada.

—¿Y qué querías ser si no? Tienes aspecto de mono y la gracia de un mono. No puedes ser otra cosa, a menos que quieras mentirte a ti mismo.

—No, no soy lo que ves. Yo soy un hombre, pero alguien me convirtió en esto que tienes ante tus ojos. Yo nací como tú, pero cuando llegué a este mundo extraño, me vi transformado en esta forma tan cruel.

—¿Quién te transformó? ¿Y cómo estás aquí? Yo sé cómo llegué a este lugar, pero desconozco la forma como lo hiciste tú. ¿Acaso eres un viajero astral?

—No sé cómo lo hice, pero conozco al responsable de mi desgracia. Yo vivía feliz, y un día, un maldito día, un tipo me convenció para hacer un viaje. Yo lo creí, y me puse en sus manos. Después, cuando desperté, aparecí en esta casucha, dónde un espejo me recuerda todos los días lo que soy ahora. De eso hace ya… no sé cuántos años. He perdido la cuenta —gruñó el mono mientras se rascaba la cabeza.

—¿Y dices que un tipo te hizo viajar entre dimensiones? Sabrás entonces el nombre de ese individuo —dijo Tomás Iriarte perplejo. Si había alguien más al frente de este tipo de desplazamientos, seguro que debería conocerlo, por lo menos de oídas.

—Claro, creo recordar que se llamaba…Iriarte o algo así. Yo vivía en Madrid, en el barrio de Fuencarral. O eso creo recordar. De eso hace ya tantos años que he perdido la cuenta —dijo el mono cubriéndose el rostro con sus velludas manos.

Tomás Iriarte quedó espantado ante aquella afirmación. ¿Era posible que él mismo hubiera hecho lo que contaba? El caso es que recordaba algo, sí, un mono... Pero era mejor mantener el silencio, no decir nada, no ver nada, no escuchar nada más que lo que sirviera para no aparentar culpabilidad, en definitiva, hacer como los monos del proverbio de Confucio, aquel que decía lo de «no ver el mal, no escuchar el mal y no decir el mal».

—Por cierto —dijo el mono—, ¿quién eres? ¿Has venido a rescatarme?

Tomás Iriarte, sin saber que responder, pensó que lo mejor era colaborar.

—Sí, a eso he venido. ¡Venga!, nos ponemos en marcha si te parece.

El hombre mono dio un salto como solo un ser simiesco podría hacer, era tal su alegría.

—¡Bravo! —chilló con una voz ronca que por un momento hizo estremecer a Tomás—. Sabía que algún día alguien vendría a rescatarme.

Tomás Iriarte no dijo palabra alguna, su silencio era la clave para poder seguir buscando a los demás.

Ambos salieron de la cabaña y se dirigieron hacia el oeste. En realidad, Tomás Iriarte no sabía cuál era el oeste, aunque por sus nociones de senderista conocía que, según cual fuese la altura del sol, estaría más cerca del sur o del este. Así que decidió seguir el rumbo que le sugería su instinto. Su compañero, mitad hombre, mitad simio, iba delante dando saltos. Su condición le permitía correr más rápido, y dado su deseo de regresar, cualquier retraso le parecía perder mucho tiempo.

—¿Y por qué no intentamos volar? —dijo Iriarte. Recordó que en aquel lugar podían hacer lo que quisieran solo con pensarlo, estaban soñando.

—¿Podemos hacerlo? —dijo el simio—. Por favor, hagámoslo, siempre quise elevarme por el cielo como un faisán.

—¿No preferirías hacerlo como las águilas?

—No, mejor un ave de distancias cortas. No me gusta viajar demasiado.

De un salto, ambos se elevaron a una altura considerable, desde dónde podían ver la gran extensión de terreno que les circundaba. Por debajo de ellos vieron el lago y el embarcadero del viejo. Más allá, una pradera donde la vegetación parecían recortarse en una posición, dejando paso a una zona llana, en la que un solo árbol se alzaba aislado. Parecía el punto de una gran i, que desde esa altura se podía observar con claridad. Durante el viaje, en el que los acompañaron una bandada de gansos, Iriarte pudo saber que el simio se llamaba Gabriel, y que cuando vivía en el mundo de la tercera dimensión, era estudiante de artes y oficios. Ello hizo que aquel trayecto no se les hiciera demasiado aburrido, porque Gabriel estuvo hablando sobre las distintas escuelas arquitectónicas y los modelos que usaba en sus años en la escuela para realzar la figura femenina en los cuadros pintados en las paredes de una galería. Cosas insustanciales y carentes de sentido para su compañero de vuelo.

Llegado el momento, Tomás Iriarte indicó por señas al mono Gabriel que deberían descender. Aquella extraña i que se dibujaba en el terreno podía ser una señal que los llevara a encontrar la salida, aunque bien sabía que lo primero es lo primero, y lo primero era encontrar a los otros dos muchachos. Cuando tomaron tierra, el mono Gabriel se acercó a Iriarte ávido de entusiasmo.

—¿Hemos alcanzado el destino final? —preguntó con gran excitación.

—No, —dijo Iriarte—. Debemos buscar indicaciones, huellas, claves.

—¿Para qué? —continuó Gabriel—. Me dijiste que saldríamos de aquí, que tú eras mi salvador.

— Dije que iba ayudarte, y en eso estamos. Pero antes debo encontrar a alguien más. Mira, hay dos personas que también están perdidas en este lugar, dos entidades que por algún extraño motivo han coincidido en el mismo sitio.

—Sí, en verdad, es muy extraño que tú y yo hayamos coincidido también juntos en la misma órbita dimensional. ¿Tenemos algo en común? —dijo el simio Gabriel, mirando a Tomás Iriarte.

» Desde hace tiempo le doy vueltas, y tu rostro me recuerda a alguien, y cada vez estoy más convencido de haberte visto en otro parte, hace mucho, mucho tiempo, creo.

Gabriel calló de pronto, como si acabara de percibir algo que su inteligencia le tuviera velado por algún oscuro motivo. Después, con un gruñido ronco y exaltado, berreó como un niño mientras se aproximaba al lugar donde Iriarte se situaba.

—Por mis barbas que ahora te conozco. ¡Eres tú, maldito hijo de la gran puta, el que me hiciste dormir, el que me trajiste a un lugar del que no puedo salir, el tipo al que un día le dije que sí, que deseaba liberarme de mis prejuicios y mis agonías existenciales y al que vendí mi vida! Eres tú, Tomás Alberto Iriarte, ¡alias el miserable!

» Y ahora lo vas a pagar con tu vida —dijo con una entonación de voz amenazadora.

XVI

EL ORIGEN DE GABRIEL

Lugar: Cuarta dimensión.

Espacio temporal: no cuantificado.

Antonio Arias permaneció mirando al cielo esperando que volviera el «orante» para indicarle de nuevo el camino a seguir. Estuvo a punto de suplicar a voces que alguien lo ayudara, que lo hiciera regresar a su casa. Ante la sensación de soledad y la imposibilidad de vislumbrar su propio cuerpo, permaneció inmóvil, sin capacidad de reaccionar. Así fue como detrás de unos arbustos cercanos, oyó una discusión. Parecía una riña, en la que se mezclaban golpes y palabras enérgicas.

—¡Dime la verdad, pedazo de sabandija! ¿Por qué me hiciste esto?

El que hablaba lo hacía con una voz que resonaba con fuerza, con una tonalidad que se asemejaba a la de un animal.

—¡No, no me pegues! —gritaba otro—, fue un accidente. No queríamos hacerte

daño. Todo fue por el bien de la ciencia. Deseábamos saber más y tuvimos que usarte.

Las voces iban en aumento, y los golpes parecían escucharse cada vez más nítidos. Antonio Arias se acercó intentando no ser descubierto. No estaba seguro de lo que pudiera encontrar, y lo que menos deseaba era verse enredado en una discusión entre gente ajena a sus intereses. Se aposentó detrás de unos matorrales, y lo que vio lo hizo estremecer:

un hombre peleando contra un simio.

En realidad, nada de lo que pudiera encontrar en aquel lugar le causaba sorpresa. Llevaba poco tiempo atrapado en el sueño más extraño de su vida, pero parecía que ya lo había visto todo. Así que un hombre peleando contra un mono no era nada especial para su gusto. Pero… «alto» —pensó—. Ese hombre…le sonaba la cara, lo conocía. —Pues claro, es Tomás Iriarte—musitó—, uno de los que me han traído a este extraño mundo.

Dio un salto sobre el matorral tras el que se escondía, y llegó al punto donde se desarrollaba la lucha entre hombre y animal. Cerca de donde se encontraba, las ramas de un árbol estaban esparcidas, y tomó una de ellas, la que parecía más resistente. Se aproximó a los contrincantes, que tan ensimismados estaban en su disputa que no se percataron de la llegada de un espectador. Antonio Arias no lo dudó. Se acercó por detrás del simio —«era lo más adecuado», pensó, y lo golpeó con fuerza en la cabeza, lo que lo hizo caer y que permaneciera inmóvil por la sorpresa del inesperado ataque, al tiempo que Gabriel lanzaba gruñidos de dolor 3. Tomás Iriarte se levantó para agradecer la inestimable ayuda, y cuando miró a quién con un palo se alzaba ante él, gritó de alegría.

—¡Por todos los cielos, eres Antonio! Gracias a Dios.

Antonio Arias no sabía si alegrarse también o atizarle un golpe a Tomás aprovechando el palo que sujetaba entre las manos. Tenía en su cabeza la imagen de aquel hombre mientras lo había conducido al extraño sueño lúcido o lo que fuera, y del que no sabía si podría volver algún día.

—Sí, soy Antonio Arias. Y tú eres el cabronazo que me has traído a este lugar de mierda. Por cierto, te veo desmejorado —el aspecto de Iriarte debido a los contratiempos adquiría de forma paulatina la apariencia propia de su verdadera edad.

—No te lo tomes así, vine a buscarte y al fin te encontré, debemos alegrarnos —dijo Tomás Iriarte contento a pesar de los golpes recibidos.

—¿Y quién es este? —preguntó Antonio Arias mientras apuntaba con el palo al mono, que permanecía tendido en el suelo.

Al cabo de unos minutos, el simio comenzó a recobrar el conocimiento, pero cuando quiso reaccionar se dio cuenta de que lo habían atado con cuerdas y no podía moverse. «Si hubiera sido más listo, dado el sitio dónde se encontraban, solo con el poder del pensamiento podría haberse liberado» —caviló Antonio—. Pero Gabriel no hizo ni un solo movimiento, parecía que aceptaba con estoicismo su estado de indefensión.

Tomás Iriarte comenzó a relatar lo que fue el origen del mono.

—Cuando comenzamos con las experiencias de los viajes astrales y sueños lúcidos, debimos prepararnos para muchas dificultades desde el punto de vista de los posibles efectos

---

3 Por desgracia siempre se tiende a culpabilizar y hacer daño al que parece más débil. Los hombres somos así.

indeseables en el ser humano. Tanto mi socio, Fidel Castelo, como yo, pensamos que lo ideal sería usar animales de experimentación para probar nuestras teorías, y por ello utilizamos distintos seres vivos, desde ranas, cobayas, perros, gatos...y otros muchos. Ninguno de ellos nos proporcionó resultados satisfactorios, más que nada porque no sabíamos adónde llegaron a parar. Al final, pensamos que quizás deberíamos probar con un animal más evolucionado, más parecido al homo sapiens. Y por ello, nos decidimos por Gabriel. Es un chimpancé procedente de un circo que un conocido nos prestó pensando que lo queríamos amaestrar para algún tipo de trabajo. No sabía que nuestra intención era hacerlo viajar entre dimensiones. Después de muchas pruebas y ensayos, conseguimos «emigrarlo». ¿Adónde? Pues hoy lo he descubierto. Y parece que es el mismo lugar adónde llegamos todos cuando nos desplazamos a través de los sueños. Ahora bien. ¿Por qué la capacidad de hablar y el raciocinio que presenta? ¿Por qué tiene un aspecto tan próximo al humano? Tengo una teoría, y es, que al igual que nos puede pasar a nosotros, que buscamos algo distinto en los sueños, idealizamos ciertos pensamientos y deseos, a un animal, y en este caso, al chimpancé Gabriel, le hubiera gustado en su interior ser un hombre. Al llegar aquí ese deseo se hizo realidad en parte. No pudo completar su sueño más profundo. Es más, se creó una fantasía, como haber estudiado arte y cosas por el estilo.

—¡Yo soy un hombre, gilipollas! —gritó Gabriel, que escuchaba el coloquio con atención.

—De acuerdo —dijo Antonio—. ¿Y cómo piensas hacernos volver?

—Lamento decirte que quizás no podamos hacerlo —respondió Iriarte, compungido.

Antonio Arias sintió como de nuevo la ira se apoderaba de él, de tal forma que se abalanzó sobre Tomás, terminando ambos enzarzados en una pelea en la que el propio Iriarte llevaba las de perder. Los golpes que Antonio Arias le propinaba hacían que la cara de su oponente fuera quedando cada vez más desfigurada, y si antes de aquella trifulca, el aspecto de Iriarte ya parecía maltrecho, cada vez iba emergiendo su verdadero rostro, la de un anciano que apenas podía defenderse de la agresividad de su joven contrincante.

Mientras, Gabriel, el mono, no paraba de reír y dar volteretas como lo que era.

XVII

NUEVAS PERSPECTIVAS

Lugar: Cuarta dimensión.

Espacio temporal: no cuantificado.

Tuvo que pasar algo extraordinario para que aquella lucha, que a ojos de Gabriel resultaba un insulto para el sentido común, quedara resuelta. Sin que los presentes se dieran cuenta, una figura cayó del cielo, como un deus ex machina que iba a solucionar aquel enfrentamiento. Aquel suceso inesperado hizo que Gabriel, aún atado de pies y manos, saltara como solo un animal acostumbrado a proezas circenses podía hacer. Cuando miraron el origen del incidente, observaron con gesto de incredulidad a Alex Portillo de pie, frente a ellos,

—¡Alex! —dijo Antonio con entusiasmo por haber encontrado a su amigo.

—¡Alex! —repitió Iriarte, enardecido por la casualidad y entumecido por los golpes, dando gracias por aquella aparición inesperada que de momento le sirvió para conservar su integridad física.

—¿Alex?, ¿quién coño es Alex? —dijo Gabriel temeroso porque otro más pudiera interferir en su idea de volver.

Después de las presentaciones oportunas y la narración de los eventos ocurridos, en lo que les pareció un breve tiempo pasado en aquella dimensión, idearon tomar un refrigerio ilusorio y plantear un plan de escape, si es que existía alguna forma de escapar.

Alex relató el encuentro con Magnus, el del tercer ojo. Contó que aquel ser «inmovilista o inmovilizado» por su falta de extremidades, podría ser la clave para la solución que buscaban. Pero Antonio pensó, que el ser «orante», podría ser una entidad superior en aquel mundo de fantasía.

—Estás equivocado —dijo Iriarte, el cual apenas podía moverse después de la pelea, y más después de hacer visible su verdadero aspecto y edad—, este no es un universo de fantasía. Es tan real como cualquier otro, y lo que ves o escuches aquí, es tan cierto como lo que puedas sentir en tu propio mundo. Tu vienes de la tercera dimensión, donde dos más dos son cuatro, y existe un largo, un acho y una altura que conforman las extensiones reales de esa localización. En esta cuarta en la que estamos existen otros parámetros, entre ellas una línea temporal que puede modificarse como cualquier otra de las cuantificables. Si en nuestro mundo del que procedemos, queremos establecer una proporción de superficie, te basta describir los metros y las distancias en unidades registrables. En este mundo en el que permanecemos ahora, es igual, pero diferente. Cambia todo según tu voluntad. ¿Quieres algo? Pues piénsalo y lo obtendrás, y no te preocupes por la distancia o el espacio, ni por el tiempo que creas que puedes tardar en obtenerlo o recorrerlo.

—¿Y qué tiene eso que ver con el ser «orante»? —preguntó Antonio.

—Porque ese ser no es solo producto de tu imaginación, es algo que existe en una forma verídica y perceptible, al igual que Magnus. Los dos son vivientes, comunicándose entre ellos. Magnus ordena y él obedece.

—Sí, tienes razón —respondió Antonio Arias—, ese ser «orante» era tan real como este mono que tenemos aquí —dijo señalando a Gabriel.

Ante aquella afirmación, Gabriel no pudo menos que sentirse incómodo y gruñó con enojo.

—¿Cuándo vais a considérame uno cómo vosotros? —dijo el simio—. No me hacéis ni puto caso. ¡No soy un mono!

Los otros tres lo miraron buscando algún atisbo de humanidad en el chimpancé, pero se dieron por vencidos.

—Pues bien —continuó Antonio—. Cuando el «orante» subió a la nube, surgió una mano enorme que me señaló un lugar, y me dijo que siguiera buscando. Y era tan real como nosotros.

Iriarte y Alex se miraron buscando alguna razón que les permitiera aceptar aquel comentario y que no fuera solo objeto de la imaginación. Mientras, Gabriel permanecía imbuido en sus tristes pensamientos.

—¿Cómo podemos saber que nosotros somos también reales? —dijo Alex, que hasta ese momento había permanecido en silencio escuchando con atención la discusión.

—Eh, amigo, ¿no me ves acaso? Soy yo, Antonio Arias, tu compañero de Facultad.

—¿Y cómo sé que no eres parte de este sueño, tan irreal como fantástico?

—¿Y cómo sé que no soy un mono? —dijo Gabriel con sarcasmo, entrando en la conversación.

—Veamos —intervino Iriarte con parsimonia y debilidad en su voz, fruto de la edad y de los golpes recibidos—. Tenemos que ser prácticos. Yo temo cosas que no quiero plantear, aunque las sospecho.

Los presentes miraron a Tomás Iriarte. Alex no sabía de qué se trataba, pero Antonio tenía una premonición, aunque se resistía a darle crédito.

—Sí, venga, dilo, gilipollas, eso que estás pensando. Mira, me adelanto yo: estamos todos muertos, y lo que vemos son nuestros cuerpos astrales que vagan por las dimensiones de un multiverso inexplorado —dijo Gabriel con tono irónico y despectivo. Su voz ronca y gutural de simio parecía herir la sensibilidad de los demás.

—¿De qué habla este? —dijo Alex.

—Pues puede que tenga razón —respondió Iriarte—. Hemos intentado despertar. Cuando uno intenta volver, basta con mirar a su cuerpo y desear volver, y ese acto le permite regresar. Pero tanto yo como Antonio hemos fracasado. No conseguimos visualizar nuestro envoltorio físico mortal. Quizás alguien se deshizo de él, y hemos quedado aislados para siempre.

Antonio, ante aquellas palabras, se deshizo de dolor. No era la primera vez desde que accedió a la dimensión desconocida que preveía esa posibilidad. Iriarte se acercó y lo abrazó intentando consolarlo.

—Pero yo…dijo Alex. No he probado, no lo he comprobado aún.

Desesperado, con el temor de que pudiera encontrarse en la misma situación, cerró los ojos. Buscó en sus recuerdos. Todo parecía muy lejano. Veía un pasillo inmenso, y al final una débil luz.

Voló con la imaginación hasta el origen de aquella claridad. Vio a su padre, triste, pero no quiso saber la razón. Pensó que era por su desaparición. No vio a su madre. También apareció Laura. Tan hermosa, tan guapa como la recordaba. Junto a ella un hombre que fumaba en pipa, un desconocido para él. Parecían preocupados. Y situado junto a los demás, estaba su cuerpo. ¡Sí! Era Alex Portillo. Se veía dormido, pero estaba en otro espacio temporal, era distinto, no parecía el mismo del que salió, aunque percibió una especie de cordel plateado que salía de su cuerpo y lo buscaba.

De pronto quiso volver, pero no pudo. Abrió los ojos, y todavía estaba con los otros.

¿Qué pasaba? ¿Por qué no podía regresar? Comenzó a temblar.

Iriarte, Antonio y Gabriel lo miraron perplejos.

XVIII

EN BUSCA DE MAGNUS

Lugar: Cuarta dimensión.

Espacio temporal: no cuantificado.

—¿Y quién es ese Magnus? —preguntó Gabriel intrigado. Como parecía haberse tranquilizado, y a pesar de las continuas quejas, decidieron soltarlo por su bien.

—Supongo que es el mandamás de todo este tinglado. No perdemos nada por buscar en él las respuestas que quizás nos puedan sacar de este misterioso lugar. ¿Y si es cierto que es un ser con poder supremo? Eso fue lo que me dijo cuando lo encontré —alegó Alex.

Alex temía que sus palabras sonaran a fatuidad. En realidad, ni él mismo podía estar seguro de que aquella suposición tuviera algún fundamento. El lugar, las circunstancias, la realidad tan difícil de aceptar no disponían a tener fe en cualquier cosa, por muy alentadora que pudiera parecer.

—De acuerdo, busquemos a Magnus —dijo Antonio—. Y que hacemos, ¿lo llámanos, así como así? ¡Eh, Magnus, manifiéstate! —gritó bromista.

—No deberías reírte de algo que pudiera ser tu salvación —dijo Iriarte con aire severo—. Si Alex tiene razón, no está de más probar esa posibilidad.

Gabriel quiso unirse al coro de voces, y comenzó a imitar a Antonio. Al fin y al cabo, si era un mono, pues sería eso, un «mono de repetición».

—¡Magnus, manifiéstate! —comenzó a gritar. Él y Antonio se asemejaban a un par de cotorras que desafinaban y canturreaban, más que a dos seres indefensos que suplicaban la presencia del ente poseedor del llamado tercer ojo.

Entre risas no advirtieron que tras unas rocas que se elevaban formando una especie de dolmen, una figura comenzaba a materializarse. Se trataba de una joven de aspecto angelical, vestida con un ropaje de fina seda de color celeste, que dejaba ver a su través la hermosura de su cuerpo. Su pelo era blanco, cortado en forma de media melenita, y la inocencia de su rostro exteriorizaba una paz que por un momento dejó sin habla a los presentes.

—Me llamáis y aquí estoy, ¿qué es lo que queréis? —dijo la joven.

Al mirar al sitio de dónde procedía la voz, todos quedaron sobrecogidos por la belleza de aquella visión.

—¿Quién eres? —preguntó Iriarte.

—Soy el heraldo de Magnus. Hablo por su boca y escucho por sus oídos. Me habéis solicitado, ¡oh, mortales!

—¿Y Magnus? —dijo Alex.

—Como bien sabes, Magnus es un ser «inmovilista», no se puede desplazar, salvo si alguien lo requiere y lo invoca. Y vosotros lo habéis invocado al parecer de forma desesperada.

—Yo estuve hablando hace poco tiempo con él —respondió Alex.

—No te creas que hace tan poco. Aquí el tiempo no discurre como en la tercera dimensión. La última vez que hablaste con él hace lo que vosotros mediríais como diez años. Magnus tiene asuntos muy importantes que resolver en su día a día, y por eso tiene que enviar a un heraldo, como soy yo mismo.

—¿Cuál es tu nombre? Si lo tienes —dijo Antonio.

—Me llamo Juicio.

—Es un nombre enigmático —respondió Iriarte. ¿Significa algo en especial?

—Mi nombre te guía al interior de la conciencia, te informa sobre ti mismo y te ayuda a examinarte de tus culpas. También sirve para tu crecimiento interior y a la evolución de tu alma.

—Entonces, ¿puedes ayudarnos? Di que sí, por favor —suplicó Gabriel mientras saltaba sobre el terreno.

—Puedo, pero tendréis que pagar un precio, el precio del tiempo y los recuerdos.

—Explícanos ese misterio. Yo no sé si tengo tiempo, ¿cómo puedo pagar con tiempo? —dijo Alex.

—Como habéis comprobado, varios de vosotros estáis perdidos sin capacidad de regresar. Solo uno, en este caso Alex Portillo, es el elegido. Tiene todavía algo que le posibilita para volver. Sin embargo, tampoco será como el querría.

—¿Qué me ocultas, Juicio? —dijo Alex intrigado.

—No volverás al momento de tu salida y llegada a este mundo. Regresarás a un instante que no podrás recordar. Cuando estés en tu nuevo hogar, los acontecimientos ocurridos hasta la fecha se habrán disuelto. Si ahora recuerdas personas y sucesos, ya no serán nada para ti. Te habrás adaptado a una realidad que, aunque no haya existido, para ti habrán sido situaciones vividas.

—¿Y qué es lo que cambiará? ¿Qué ha ocurrido que yo no sepa? —preguntó de nuevo Alex.

—No debes conocer más de lo debido, aún no —dijo Juicio.

—Vale, muy bien. Todo parece «guay» para Alex. ¿Y nosotros qué? —dijo Antonio.

—Vosotros estáis muertos, y solo algo imprevisto os podrá hacer regresar.

—Eh, eso no es justo. ¿Tú no eres Juicio? Pues aplica la justicia —respondió Antonio.

—No miente, chaval —dijo Iriarte—. Es la verdad. Yo estoy aquí porque mi compañero Fidel Castelo se deshizo de mí para evitar pruebas en su contra. En cuanto a ti...

—Sí, ya lo sé, maldito cabrón, tú me enviaste también, y como tu socio te ha liquidado yo me quedo porque solo tú podrías hacerme regresar.

Llevado por la ira, Antonio intentó agarrar a Iriarte por el cuello con intención de agredirle, pero en ese momento, Alex, sujetó a cada uno, separándolos para evitar que se enfrentaran.

—¿Y qué pasa conmigo? —gruñó Gabriel, abatido por la dejadez respecto a su persona.

—En cuanto a ti, simio... —dijo Juicio.

—¡No soy un simio! —replicó Gabriel con tristeza en su ronca voz, mirando al heraldo—. ¿Y tú de qué vas, si no pareces ni siquiera un ser vivo?

Juicio miró a Gabriel con lástima, pero de su boca no salió ni un solo reproche.

—Gabriel, sí, eres un simio. Llegaste aquí por las malas artes de ciertos individuos, pero te prometo que volverás.

—¿Cuándo? —dijo el mono con los ojos entornados y llenos de lágrimas.

—Algún día, sucederán cosas —respondió Juicio.

Todos miraron al heraldo de Magnus sin comprender el significado de aquellas palabras. Pensaron que conocía con certeza el destino de cada uno.

XIX

LA VUELTA DE ALEX PORTILLO

Lugar: Dimensión intermedia.

Espacio temporal: octubre de 1974.

Y tal como se fue volvió a reaparecer. Alex regresó a la Facultad. En su cabeza no había existido un «tiempo anterior». No extrañó la falta de algún compañero, ni tan siquiera echaba de menos a Laura. Ahora conocía a otros y su madre había fallecido, pero no recordaba ni cuándo, ni dónde. Solo tenía a su padre, y este no discurría bien desde la muerte de su mujer. Era como si nada en su nuevo mundo hubiera cambiado. Todos los días iguales: madrugar, ir a la Universidad, volver para el almuerzo, y por la tarde, tiempo de estudio, cena y a la cama.

—Papá, siento como si algo no fuera bien en mi vida —dijo Alex.

—¿Qué te ocurre? Es lógico que desde la muerte de mamá todo haya cambiado para los dos, Alex, pero debemos ser fuertes para superarlo.

—Pero ¿no tienes la sensación de que algo nos maneja desde fuera? ¿No sientes como si alguna extraña fuerza nos moviera a comportarnos de forma incoherente? Papá, no recuerdo como murió mamá, ni siquiera dónde estaba yo en ese momento. Y eso no es normal.

—La desgracia nos pilló a todos por sorpresa, y por eso, algunos nos sentimos como si aquello hubiera ocurrido en otra vida. El cerebro humano procura filtrar los recuerdos más desgraciados, los que nos pueden causar más dolor, y es normal que, en tu caso, tu mente haya actuado de esa manera.

—Pero —prosiguió Alex—, ¿qué hacía yo en ese momento? ¿Estaba con ella, estaba contigo? ¿Dónde me metí para no poder recordarlo?

Luis Portillo abrió la boca para contestar a su hijo, pero algo lo detuvo. Sintió que no podía responder, se dio cuenta que no podía hacerlo. Se percató por un instante, que no tenía contestación, porque lo ignoraba.

—Creo que es mejor olvidar, Alex. Los recuerdos tristes a veces nos hacen dudar hasta de nuestros propios pensamientos.

Alex creyó ver en el rostro de su padre un gesto de temor. Y pensó que quizás la muerte de su madre lo había afectado más de la cuenta. Decidió dejar el tema por el momento.

Todos los días, en la Facultad, tenía vagos recuerdos, extraños y difusos, de personas, conocidos y situaciones. Los compañeros que lo rodeaban, sin embargo, no parecían padecer los mismos recelos ni «alucinaciones». Cuando preguntaba por sus vidas, todos hablaban de sus familias, estudios, inquietudes. Ninguno mostraba síntomas de padecer algún trastorno psíquico, y eso lo hacía estar cada vez más preocupado.

Javier Campín, era en estos momentos, uno de sus «íntimos», por ello no tenía nada raro que se los viera juntos en los ratos que disponían de descanso entre clase y clase.

—Oye, Alex, ¿qué te ocurre, hombre?, parece que vas siempre dormido, inmerso en profundos pensamientos.

—Eso parece, ¿no? Lo mismo me pregunto. ¿Estás dormido, Alex? Y siempre me digo: «no, pero es como si lo estuvieras», porque en el fondo tengo sueños, ¿sabes? Sueños que parecen un déja vu o algo así.

—¿Cómo? Quieres decir que, ¿ves cosas, premoniciones?

—No así de fácil, pero tengo la sensación de estar en otra parte —dijo Alex con gesto melancólico.

—Oh, chico. Eso es interesante —respondió Javier mientras tomaba a broma aquella aseveración de Alex—. ¿Y con quién estás, con una rubia llamada Gwendoline?[4]

—No. Lo digo porque a veces veo en sueños a una pelirroja en vez de a ti.

—Pues tienes buen gusto, tío. A mí también me gustaría estar con... ya sabes, «qué invierno» —se refería a una chica de su clase, que debido a su enorme «potencial», consideraban los más osados que los «calentarían» durante largos periodos.

Todos los días las conversaciones eran del mismo estilo. De vez en cuando acudían a uno de los bares de la Moncloa, y mientras Alex tomaba una caña, Javier hacía lo mismo, pero sus gustos eran más suaves y se decantaba por una «clarita», como la llamaban los castizos. Y uno de esos medios días, a la salida de clase, camino de

---

4 Novia de Peter Parker en el comic de Spiderman, del cual Alex era gran seguidor.

sus respectivos hogares, antes de tomar el metro, entraron como de costumbre en el bar La Esquina. Era un sitio propicio dónde confluían estudiantes de varios centros y escuelas. Mientras se aplicaban en unas aceitunas y las correspondientes cañas, Alex y Javier, sentados junto a otro grupo de jóvenes, pudieron escuchar como uno de ellos habló sobre algo extraño para la mayoría, pero que a Alex lo inquietó.

—En casa de Rubén Posadas se van a reunir para una especie de orgía mental. Joder, qué cosas —dijo uno de ellos.

—Sí, un tal Rafael Legazpi. Dice que monta viajes astrales. ¡Vaya absurdez! —dijo otro.

Al escuchar aquello, Alex sintió que se ahogaba con la cerveza, y de la impresión y la tos escupió la bebida ante la algarabía y las risas de los presentes.

Después de limpiar todo y abonar la consumición, decidieron abandonar el lugar.

—¿Qué narices te ha pasado? —dijo Javier.

—No sé. Pero escuchar aquella palabra de viaje astral me trajo malos pensamientos.

—Bah, tonterías. Te estás volviendo paranoico.

—Sí, será eso. Pero…

Alex regresó a su casa.

¿Y si aquello significaba algo más de lo que parecía?

XX

LA VIDA EN LA OTRA VIDA

Lugar: Cuarta dimensión.

Espacio temporal: no cuantificado.

Tomás Iriarte permaneció a la espera de acontecimientos. Durante un tiempo, que no era el tiempo tal como lo conocía, le pareció que algo se agitaba en el cielo ficticio que su ilusión creaba cada día. Pero eran tan solo sus pensamientos, que iban formando una visión, nueva y sugerente, pero irreal. Quería hacerse a la idea de que todo iba a cambiar, que no siempre permanecería en aquel lugar, que, desde el tercer mundo, Alex traería la solución para todos, y que tanto él, como los demás prisioneros de los sueños volverían a su verdadero hogar.

Antonio Arias se conformaba con permanecer junto al heraldo de Magnus. Era de una belleza sublime, y el nombre, Juicio, le traía recuerdos de su vida en el otro mundo.

—Es lógico que tus visiones se adapten a tus recuerdos —le dijo el heraldo—, y yo estoy encantada que me pongas como modelo. Es halagador.

—Pero quizás no sea lo más correcto. Tú no eres real. ¿Y si me enamoro de ti? —respondió Antonio mientras se ruborizaba de vergüenza.

—Estaré encantada de corresponder a tus sentimientos. Recuerda que soy heraldo de Magnus, y él es el rey de Filantropía.

—Pero, cuando regrese a mi casa... no estarás —dijo Antonio.

—Yo no, pero sí cualquier otra chica, y ella te traerá recuerdos de mí.

Cada día, Antonio y Juicio se enfrascaban en conversaciones llenas de promesas de amor eterno.

—Cuéntame algo de ti —dijo Antonio. En su interior deseaba saber más sobre el origen de Juicio.

—No puedo contar más de lo que ya sabes. Un día no era, y al otro soy. Magnus me creó con la esperanza de servirle. Me dio entendimiento y voluntad, pero siempre para servir a la sacrosanta disposición de mi creador.

—¿Y no te has propuesto, ¿cómo te diría...independizarte? ¿Ser tú misma la dueña de tus actos?

—Eso iría en contra de mi naturaleza. Yo tengo mi esencia constituida para un fin determinado, al igual que tú tienes una naturaleza. Yo estoy por encima de unos accidentes y eso me permite actuar como ya has visto, cosa de la que tú careces.

—Entonces, tú cuerpo de mujer...

—Es lo que tú quieres ver, como ya te he comentado. No tengo cuerpo físico como el tuyo. Me adapto a los deseos del que necesita mi ayuda. Magnus me designó para esta misión, y cada uno me ve de acuerdo con sus principios y deseos.

—¿Y cómo te ven los demás?

—Pregúntales a ellos.

Mientras tanto, Gabriel, el mono, se debatía en sus pensamientos internos, buscando una solución a sus problemas de personalidad. ¿Era, o no era un simio?

—Ya te han dicho cuál es tu origen, así que no debes preocuparte, y hazte a la idea que seguirás igual cuando regreses…si es que regresas.

Quién así hablaba era un habitante del reino de Magnus. Era una especie de bufón de la corte, siempre dado como todos los bufones a hacer reír, aunque para Gabriel, maldita la gracia que tenía aquel tipejo.

Vestía como el típico bufón. Traje arlequinado, gorro cascabelero, y siempre llevaba una especie de mandolina en su mano, aunque allí la llamaban de una forma difícil de pronunciar, pero que en algún sitio le pareció escuchar que sonaba a «bandurriyá». Después de varios intentos, pudo conseguir que le dijera su nombre, y era tan extraño como su aspecto.

—Así que te llamas Míseros, bonito nombre —dijo Gabriel de forma sarcástica con su ronca voz de mono.

—¿No te gusta? Es razonable que tu débil mentalidad de ser inferior no comprenda la grandeza de mi apodo, pero la miel no está hecha para la boca del cerdo.

Aquello le sonó a Gabriel como un insulto, y a punto estuvo de llegar a las manos con el bufón. Para fortuna de los dos, y sobre todo de Míseros, apareció Iriarte intentando explicar que Magnus les concedía por fin audiencia.

—¡Albricias! —gritó Antonio Arias—, lo hemos conseguido. Magnus ha dictado una orden por la cual se nos concede la posibilidad de presentarnos ante su faz. Eso es importante porque puede ser útil para nuestros intereses.

—Bah, qué tontería —exclamó el bufón. Yo siempre puedo acudir a su presencia cuando lo desee. Se nota que sois unos extraños en este reino. Además, si pensáis que os va a prestar atención, estáis equivocados.

Tanto Iriarte, como Antonio y Gabriel, no sabían que decir ante la estupidez del bufón. O era un necio, o se burlaba de ellos, como lo suele hacer un bufón real. Optaron por dejarlo en paz y acicalarse para la ocasión. Todo era cuestión de desearlo ya que no disponían de medios, y sus cuerpos no eran reales. Pensaron como deberían vestir, y de esa forma se presentaron ante Magnus. Este los esperaba en el sitio previsto. Plantado en medio del campo, su tercer ojo miraba a cada uno de los presentes, los cuales esperaban su consejo y parecer. Al llegar el turno de los perdidos procedentes de la tercera dimensión, Magnus los observó con detenimiento y detuvo su ojo terciario en la figura de Gabriel, ante la cual no pudo menos que guiñarlo por la extrañeza del personaje.

—Sé por qué estáis aquí —dijo—. Conocí a vuestro compañero, el que se marchó. Deseáis regresar, ¿verdad? No es tan fácil. Todos vosotros tenéis algo que os impide la partida. Y la respuesta está en vuestro mundo. Creo que no os extraña todo esto que os digo.

» Tomás Iriarte, estás muerto, tu cuerpo no existe, despareciste para no volver. Un hombre, Fidel Castelo, quiso que tu forma astral se perdiera en otra dimensión.

» Antonio Arias, tu existencia dependía del propio Iriarte, que fue el que te envió a un sueño lúcido y a un viaje astral, sin saber que él mismo iba a desaparecer poco después. Y ahora tu existencia está ligada a su suerte, que no es afortunada, aunque quizás haya una posibilidad.

» Gabriel, simio de origen, medio mono, medio hombre en la otra realidad que te has creado. Tu fuiste un animal, y ahora te crees de procedencia humana. Al igual que un ser racional sueña a veces con ser como tú, por aquello de parecer libre y desinhibido, tú has soñado ser humano por querer parecer dependiente, no el «hazmerreír» de la plebe. Y eso te hace sufrir. No quieres volver a tu realidad.

» ¿Y qué puedo hacer yo con todo esto? No os puedo devolver, a menos que todo cambiara en un tiempo pasado o en otra situación. Quizás, si alguien tuviera consciencia de todos estos acontecimientos en un momento de la historia y actuara de forma apropiada, si se modificaran ciertos parámetros, podría devolver todo lo que es ahora a lo que podría haber sido.

Dicho todo esto, Magnus calló. Los asistentes a la audiencia miraban aquel rostro viviente, esperando que «el ojo que todo lo ve» tomara una decisión final. Y esta pareció llegar cuando el heraldo, Juicio, se acercó al rey, el cual le susurró algo, a lo que la hermosa fémina heráldica, asintió con una sonrisa.

—Magnus ha resuelto que puede haber un remedio a esta situación —dijo Juicio.

—¿Cuál es? —dijeron todos al unísono.

—Alex Portillo debe modificar el curso de los hechos, y si no es posible, alguien debe hacerlo por él.

EL «VIAJE» DE LAURA

XXI

LA LLEGADA DE LAURA CABRERA

Lugar: Tercera dimensión.

Espacio temporal: junio de 1979.

El inspector Laguna la recomendó mantenerse al margen de cualquier iniciativa respecto a la investigación, pero dado que Fidel Castelo parecía ser el responsable de todo lo acontecido, y teniendo en cuenta su otra «cara» como supuesto compañero de estudios bajo el nombre de Santi, tuvo que hacer un verdadero esfuerzo para no involucrarse en el caso. Por otra parte, la falta de pruebas fehacientes que lo acusaran de manera formal, le permitió salir en libertad con cargos, aunque era más una cuestión de mantener una cierta apariencia de respeto por los derechos del individuo, que por no tener ganas de «enchironarlo». Sus declaraciones estaban tan faltas de coherencia y sentido de la verdad, y sonaban tan inverosímiles, que en un momento pensaron encerrarlo por demente.

Y por ello, salió y volvió a su antigua actividad, se sentía respaldado. Hacerse el loco lo preservaba de cualquier contingencia, la ley lo amparaba y podía moverse libremente. Es por lo que Laura aprovechó para terminar acercándose a Santi, aún a pesar de los consejos en contra del inspector.

—Al fin te has dado cuenta de que tenía razón. Yo sabía que eras una chica inteligente. Sí, lo vi en tu cara desde el primer día, aunque cuesta reconocer que me hiciste dudar. Tanto ir y venir con la policía, me hizo pensar que eras uno de ellos. Con tu aspecto de «chica fatal» podías pasar por alguien de «la secreta».

Fidel Castelo se había instalado en un nuevo apartamento situado en la calle General Perón. Su piso era un quinto con ascensor, con buena vista y al que no le faltaba ningún detalle. La presencia aquella tarde de Laura Cabrera le supuso una grata sorpresa para iniciar su nueva actividad. Los antiguos asistentes no faltaron a la cita. Laura intentó aparentar entre aquella serie de extraños invitados. Su ondulada melena roja destacaba entre los rizos y los peinados de los otros acompañantes. Era como una amapola en un campo de jaramagos y flores sin color. Por ello, más de uno de los invitados intentó sobrepasarse pensando que estaba permitido tomar del fruto prohibido. Pero Fidel Castelo tenía otros planes para Laura, y ella supo que podía ser la oportunidad que buscaba. Debería sacarle toda la información, y al mismo tiempo conocer la manera de poder traer de vuelta a Alex.

—¿Estas son tus fiestas privadas, Fidel…o debería llamarte Santi? —dijo Laura con voz insinuante.

—Es una forma de hacer amigos. Todos participan en el juego y asisten acompañados de otros invitados y viajeros. Es una pena que tú no hubieras sido de las primeras, nos hubiéramos divertido, y podría haber hecho que te trasladaras más allá de los sueños, de tus sueños.

Laura se prestó al juego romántico que le proponía Fidel. Los labios de este se acercaron tanto a su boca que a punto estuvo de sucumbir al hechizo fatal, pero optó por guardar de momento la distancia. Era necesario ganar su confianza, y para ello precisaba ser fuerte, aunque con la osadía que su naturaleza femenina le permitiera.

—Hubiera sido estupendo, ya lo creo —dijo—. Pero no soy capaz de entender cómo lo haces. ¿Eres mago a algo así?

Fidel Castelo puso unos cubitos de hielo en un vaso y vertió un buen «lingotazo» de whiskey irlandés. Después se lo ofreció a Laura, pero solo se mojó los labios y tomó asiento junto a Fidel Castelo, esperando que este contara y «cantara».

—No te creas que ha sido fácil —dijo Fidel Castelo—. Cuando me asocié con Iriarte lo hice con entusiasmo. Compartíamos ideas y proyectos interesantes. ¿Sabes lo que supone entrar en mundos imaginarios, pero reales para la mente de un soñador? Comenzamos por lo más básico: perros, gatos, y cualquier otro animal de compañía. Imagínate, llegamos a conocer qué soñaba un perro, y no te lo vas a creer.

—¿De veras? Dime, ¿que sueña un perro? —respondió Laura.

—Pues desde lo que le apetece comer, jugar, e incluso llegamos a ver la imagen de su amo. Pudimos jugar con los sueños del chucho. Y él respondía a nuestros estímulos. Pero quisimos ir más allá, y pensamos, ¿quién más parecido a un ser humano que un chimpancé? Nos cedieron uno procedente de un circo, un ejemplar joven, pero listo. Fue todo un éxito. Conseguimos ver cómo eran sus ensoñaciones, sus anhelos y deseos. Y fue sorprendente. Su mayor ambición, que lo hizo realidad en la dimensión a la que viajó, fue parecerse a un humano. Se convirtió solo con desearlo en un medio hombre. Pensaba como un hombre, hablaba como un hombre, pero su aspecto no terminó de ser humano.

—¿Y qué fue de él?

—Se quedó en ese mundo creado por su imaginación. Bueno, en realidad tuvimos que abandonarlo, para ser exactos yo lo abandoné, porque mi socio, Iriarte, no quiso continuar con aquel juego, le parecía indecente. Yo pensé que podía ser peligroso hacerlo volver. No teníamos constancia de que ciertos cambios de ese tipo pudieran ser reversibles. ¿Y si volvía con esas nuevas características? Podría ser algo imposible de explicar, y nos jugaríamos mucho en nuestras expectativas científicas. Tomás Iriarte por el contrario no estaba de acuerdo, se convirtió en una piedra en mi zapato.

—Y entonces, ¿qué fue del mono? —preguntó Laura intrigada.

—¿Y eso qué importa? Se quedó allí. No nos servía para nada.

—¿Lo matasteis en vida?

—Bueno, su cuerpo lo tenemos en hibernación, está «congelado». Igual algún día lo reutilizamos para algo.

—¡Eres un fenómeno! —dijo Laura simulando admiración—. Pero dime ¿y los demás?

—Te refieres a…—dijo Fidel Castelo—. Bueno, hubo que tomar medidas. Pero no sé por qué te importa este tema. Lo de tu amigo Alex fue un accidente —contestó mientras apuraba el vaso de licor.

—¿Un accidente? Venga hombre, era mi amigo, no puedes decir que la desaparición de un ser humano es un accidente sin más — contestó Laura indignada.

—Eh, chavala, no te pongas así. Yo pensaba que estabas conmigo, sino ¿por qué has venido a nuestra reunión? Pensaba que querías unirte a la fiesta.

—Mira, Castelo, o Santi, o como quieras llamarte, yo lo que quiero es que vuelva mi amigo. Se que estuviste involucrado junto a tu compañero Iriarte en su desaparición. Primero fue nuestro amigo Antonio Arias, y luego el propio Alex. ¿Y qué fue de tu socio, por cierto?

—Era un estorbo. Quiso remodelar todo el proyecto. Se oponía a ciertos métodos, era débil, una pena —dijo Castelo con fingida tristeza.

—¿También te lo has cargado?

—Preguntas demasiado, y creo que te entrometes demasiado en lo que no debes. Pero ya da igual. Si tanto quieres a tu novio, irás con él.

Laura vio la sonrisa de Castelo, un ademán malicioso apareció en su rostro. Después, notó que le costaba trabajo respirar, y comenzó a quedarse dormida. Sin proponérselo, aquello iba a ser el comienzo de su viaje a la cuarta dimensión.

```
Lugar: Cuarta dimensión.
Espacio temporal: no cuantificado.
```

Laura despertó. Estaba en un parque, rodeada de hermosos sauces y otros esbeltos árboles que no sabía describir. A su alrededor, un grupo de ardillas buscaban comida, incluso se le subían en la falda, juguetonas. No conocía aquel lugar, aunque algo le decía que no era la primera vez que estuvo allí. Varios niños jugaban en el césped y algunos caminantes vagaban con un ritmo cansino. Tuvo la sensación de visionar una película a cámara lenta. Se levantó, y comenzó a seguir a uno de aquellos transeúntes. Aunque intentaba aproximarse, le costaba alcanzarlo. Parecía que, a pesar de todo, su ritmo era inferior y que todo lo que la circundaba comenzó a adquirir más velocidad. Mientras los demás lo hacían a setenta y siete revoluciones por minuto, ella lo hacía a cuarenta y cinco, como los tocadiscos. Quiso chillar, preguntar dónde estaba, pero no pudo pronunciar palabra alguna. Pensó entonces, que lo mejor era dejarse llevar. Prosiguió su marcha, muy despacio, a treinta y tres revoluciones. Incluso cuando intentó hablar notó como su voz sonaba de forma fantasmal. Dejó el parque, no sin antes cruzar un hermoso puente sobrecargado de adornos extraños. Bajo el mismo observó como el agua estancada reflejaba la sombra de la exuberante vegetación que la rodeaba. Al fondo, divisó unos edificios que le llamaron la atención. Sí, reconoció el lugar. Era Londres. Pero ¿qué hacía allí? Era como una evocación que creía no haber vivido aún.

Con pasos cada vez más indecisos, vio que, a su lado, lo que parecía gente, eran solo sombras. Algo así como una fotografía realizada a una velocidad de obturación lenta, dejando ver imágenes difuminadas y sobre expuestas. No podía distinguir el rostro de nadie, lo cual la preocupó. ¿Cómo iba a preguntar si nadie parecía estar en una existencia real? La situación comenzó a desesperarla. Notaba impotencia y miedo al mismo tiempo. ¿Dónde estaba? ¿Había conseguido Castelo hacerla desaparecer cómo a los demás? Y si era así, ¿cuál era su verdadero propósito?

Se veía incapacitada para actuar. Notaba la soledad. Cubrió su rostro con ambas manos y comenzó a llorar.

—Hola, chica, por fin te encuentro.

Una voz la hizo salir de su abatimiento.

Lugar: Tercera dimensión.
Espacio temporal: junio de 1979.

Fidel Castelo completaba su plan maestro. Todos los cuerpos físicos que dormían en su santuario «emigraron». Aquel escrito robado hacía siglos le aportó conocimientos difíciles de adquirir incluso para los más avezados filósofos orientales. Los entes espirituales evolucionaron a otro estado superior junto con sus envoltorios materiales, tal como describió Kensho sobre los mayas. De esta forma evitaba cualquier interferencia, allí nadie podría acceder, salvo él mismo. Los durmientes seguirían soñando, pero serían sueños sobre sueños. Todos estaban sujetos a su voluntad. En la dimensión intermedia nadie sería capaz de desbaratar sus deseos de dominio, tal como un día le prometió al prior del monasterio.

XXII

EL «DESCONOCIDO PIXELADO»

Lugar: Cuarta dimensión.

Espacio temporal: no cuantificado.

Fidel Castelo la había sumergido en sus extraños experimentos de los sueños lúcidos, lo cual tampoco le importaba demasiado, ¿o acaso no era lo que buscaba con objeto de encontrar el paradero de Alex? Lo que no concebía era el por qué estaba en aquella ciudad. ¿Qué relación tenía con el intento de buscar a su amigo?

—Laura —dijo «el desconocido»—, me han dicho que vendrías.

Aquella aparición, no tenía rostro. Era un ser de cuerpo entero, bien vestido al estilo clásico británico: bombín, paraguas en la mano y traje impecable de tres piezas, pero su faz aparecía distorsionada por cientos de pixeles, que no dejaban distinguir su verdadero semblante.

—Por favor, no sé quién eres, pero debes ayudarme a encontrar a Alex Portillo. Alguien me trajo aquí, y si tú has venido a buscarme tendrás una razón.

—Magnus me ordenó que viniera a esta ciudad, que no es ni tan siquiera real —respondió «el desconocido pixelado».

—Pero yo sí reconozco el lugar. Yo estuve aquí una vez. Es Londres. ¿Estuve? —Laura dudó, no estaba segura si lo que decía era un hecho o un deseo.

—Para mí, todos los lugares son iguales —dijo el desconocido encogiendo los hombros indicando que le era indiferente—. No vivo en tu mundo, mi hogar es el mundo de los sueños lúcidos, y tú has venido a él. Aunque veas esta ciudad de una manera, es solo tu imaginación. Por algún motivo tú has creado esta fantasía, hay algo en tu interior que te hace vivir en este momento. ¿Sueño, deseo por hacerlo real? Solo en tu mente está la respuesta.

—No comprendo. Yo quería encontrar a un amigo. Alguien me ha hecho llegar hasta aquí, y no sé por qué. ¿Y quién es Magnus? —preguntó Laura.

—Magnus es el que decide el cuándo y el cómo, el que te hace seguir el camino adecuado. Él me dijo que viniera a buscarte, y he obedecido. Ahora, debes seguirme.

—Magnus… ¿es Dios?

—Ni por asomo. Es el rey de esta dimensión, pero quién tú mencionas está por encima nuestra. Si mueres, entonces lo verás si lo has merecido en vida.

—¿Dónde vive ese Magnus? —preguntó Laura intrigada.

—En todos los lugares. Vayas dónde vayas en esta dimensión, él está presente. Es el que ocupa todo el espacio, nada se escapa a su «tercer ojo». Cualquier movimiento lo ve antes de que se produzca.

Él predijo tu llegada para reunirte con los demás, de igual manera que sabía lo que sucedería con todos, aunque quizás no quieras conocer la verdad.

Laura no pudo menos que sentir temor ante lo que dijo «el desconocido». ¿Qué es lo que no debería saber?

—¿Qué quieres decir?

—Cuando lleguemos al reino de Magnus tendrás la respuesta. Te están esperando. Tus amigos desean hablar contigo.

—¿Mis amigos? —dijo sorprendida.

Pero antes de que «el desconocido» volviera a responder, Laura vio como todo desaparecía de sus ojos. Las calles, los coches, la gente... Entonces fue cuando recordó. A medida que las imágenes desaparecían, estas adquirían mayor nitidez, y entre los caminantes se vio a sí misma del brazo de Alex. ««

Pero eso ocurriría mucho tiempo después.

XXIII

VICTOR FALCÓN

Lugar: Dimensión intermedia.

Espacio temporal: octubre de 1974.

«Es delgado, algo enclenque, usa gafas de pasta negra, y tiene una voz afeminada». Así lo describía Javier Campín. No es que le interesara nada lo que aquel tipo hiciera en sus ratos libres, pero dada la insistencia de Alex en saber más sobre el tal Legazpi, tuvo que enterarse por dónde andaba y a qué se dedicaba. Hizo de espía, cosa que jamás se imaginó. Para Javier Campín aquello le parecía toda una sarta de tonterías, pero terminó convencido ante la insistencia de su compañero.

—¿Has podido hablar con él? —preguntó Alex.

—No. Me lo presentaron y tan solo fue un apretón de manos, aunque ya te digo, parecía un tío raro. Podría tener más o menos nuestra edad, pero vi en sus ojos una expresión de conocer mundo, no sé cómo explicarme, de alguien que se las sabe todas, vamos, de un viejo.

—Y el que te lo presentó, ¿sabía de sus cosas y sus planes?

Alex y Javier, sentados en una mesa, observaron que un grupo de estudiantes, al frente del cual estaba el que presentó Legazpi a Javier Campín, entraban en el bar de la Facultad entre risas y cánticos.

—Ese es Víctor Falcón, el amigo —dijo en voz baja Javier, señalando con el dedo.

—¿Podrías presentármelo? —preguntó Alex.

—Me vuelves loco, ¿por qué muestras tanto interés en ese tío? ¿Qué buscas en él?

—No lo sé, Javier. Tengo un raro presentimiento. Ya te dije que me siento fuera de lugar y no sé el motivo. Y algo me dice que este tal Legazpi pueda tener la respuesta.

Javier Campín se acercó a la mesa donde se situó el grupo de Falcón. Alex vio cómo se saludaban. Javier le comentó algo, y Falcón dirigió la mirada hacia Alex, el cual saludó con la mano. Después, se levantaron y fueron a la mesa dónde Alex permanecía esperando.

—Este es Víctor, este es Alex —dijo Javier actuando de introductor entre los dos jóvenes con aire de aburrimiento.

—Me ha dicho Javier que estás interesado en hablar conmigo. Pero si es por lo que imagino no te creas que sé mucho más —comentó Falcón.

—Bueno, me ha dicho que eres amigo de Legazpi. Verás, tengo problemas mentales y creo que este hombre es un experto en resolver ciertos trastornos —dijo Alex con una sonrisa picarona.

—Bueno, no te puedo decir mucho de él. Sé lo que hace, pero no el cómo. Lo que sí es verdad es que está creando una legión de seguidores que se sienten atraídos por sus teorías.

—¿Y qué es lo que hace? —dijo Alex, al tiempo que Javier Campín se acercaba más para escuchar la conversación, intrigado.

Víctor Falcón, miró a ambos lados de la mesa dónde estaban sentados, intentaba que nadie pudiera escuchar lo que iba a decir. Pensaba que si alguien lo oía podían señalarlo como uno de los seguidores de Legazpi, y aunque en realidad no le desagradaba, no quería que lo asignaran al grupo de los acólitos de aquel sujeto.

—Hace viajes astrales —murmuró, de tal forma que Alex y Javier casi no escucharon lo que dijo.

—¿Has dicho viajes astrales? —respondió Javier Campín.

—¡Shhh! —siseó Víctor Falcón llevándose el dedo a la boca, indicando que hablara más bajo—. Por favor, no me metáis en un lío. Yo no quiero que me tomen por loco, pero os aseguro que conozco algunos que sí lo han hecho, y dicen que es alucinante.

—Estaba pensando...Oye, Víctor, ¿puedes llevarme hasta Legazpi? —dijo Alex.

Javier Campín miró a su amigo, y pensó que se equivocaba, pero qué otra cosa podía hacer, sino dejarlo con sus fantasías. Mientras, Alex tuvo una extraña sensación, como si aquella acción ya la hubiera repetido antes, pero de otra manera, como si alguien allegado hubiera optado por hacer lo mismo, y él se hubiera opuesto.

Pero seguro que habría sido en sueños.

Un sueño sobre otro sueño.

XXIV

LAURA Y MAGNUS

Lugar: Cuarta dimensión.

Espacio temporal: no cuantificado.

En cuanto Laura se presentó en aquel extraño dominio, bajo el mando de aquel excepcional ser que recibía aquel sorprendente nombre, supo que, por supuesto, estaba en algún lugar distinto y del todo irreal. ¿Desde cuándo un soberano o lo que fuese aquello se exhibía como una especie de estatua inerte, con aquella apariencia tan absurda, en la que un ojo superior era llamado «el tercer ojo»? Le habían contado de tipos raros, pero aquel espécimen se llevaba todos los honores. «Es una especie de soberano de pacotilla», pensó. No podía adivinar que aquel ser tan especial podía leer sus pensamientos, y tuvo que percatarse justo cuando Magnus requirió su presencia.

—No te molestes en contar nada. Ya sé lo que me vas a decir, y tienes razón. No merezco presentarme como soberano de nada, y menos de personas que se hacen llamar humanos, a los que debería envidiar por su capacidad de moverse sin problemas con los pies. Pero escucha niña, la sabiduría no está solo en si puedes desplazarte o no con unas extremidades. La sabiduría también se refleja en el movimiento intelectual, y de eso estáis falto la mayoría de los tuyos. Inter Omnia, quae moventur, sapientia maxime est 5. Tú has llegado aquí, no por propia iniciativa. Te enviaron porque querían deshacerse de ti, tal como hicieron con tus otros amigos que con anterioridad se presentaron ante mí. Yo podía haber dejado pasar la ocasión y abandonaros a vuestra suerte. Sin embargo, mi afabilidad me llevó a prestaros ayuda. Estáis en el país de Filantropía, y aquí hacemos las cosas sin buscar recompensa alguna. Todo el mundo es bienvenido. Ahora bien, es tu decisión. Puedes elegir marcharte a tu mundo tal como viniste, pero sin resolver tus problemas, o bien, puedes aceptar nuestros consejos y obrar en consecuencia, con lo cual quizás obtengas la solución que deseas. Así, que tú decides.

Laura no supo que responder. Magnus parecía haberle adivinado el pensamiento, y no tenía elección. Ella llegó a la cuarta dimensión con la intención de encontrar a Alex, pero nunca pensó que aquel lugar sería tan diferente a su mundo. Un extraño monarca con un «tercer ojo que todo lo ve», como decían algunos; seres «desconocidos» con caras pixeladas; heraldos como Justicia, que más que un heraldo parecía una modelo de pasarela que incitaba a cometer actos deshonestos. Pero no le quedaba otra alternativa.

—De acuerdo, señor Magnus. Usted me puede ayudar, lo admito. ¿Qué debo hacer? —respondió Laura con resignación.

---

5 *De todas las cosas que se mueven, la sabiduría es lo que más.*

—Bien, ya que estás aquí, deberíamos repasar los hechos, y decidir el modo de actuar. Quiero que estéis presentes todos los que os habéis «perdido», y entre todos veamos las medidas a adoptar.

Magnus hablaba, y el «tercer ojo» no dejaba de hacer guiños extraños, como si cada vez que pronunciara una palabra, el órgano tuviera vida propia y fuera el que decidiera las palabras que iban a llegar a su boca.

Al día siguiente, que transcurrió en breves momentos —en la cuarta dimensión no hay ni noche ni día, el tiempo es algo ilusorio, y los habitantes no sienten el paso de las horas, de la misma manera, que tampoco tienen ganas de comer, beber o defecar, si lo hacen es por decisión propia, no por necesidad—, Magnus, rodeado de toda su pompa, espíritus celestes y de varios «desconocidos» de rostros pixelados, junto con el heraldo Justicia, esperaba la llegada de los visitantes de la tercera dimensión.

Cada uno expuso sus circunstancias:

Antonio Arias llegó por accidente. Es posible que esté muerto. Culpable: Fidel Castelo.

Tomás Iriarte, llegó por traición, buscando a Antonio Arias. Estado: muerto. Culpable: Fidel Castelo.

Gabriel, el mono. Llegó por abandono. ¿Muerto? No era probable, quizás hibernado. Culpables: Fidel Castelo y Tomás Iriarte.

Laura Cabrera. Llegó en busca de Alex Portillo. Estado: no valorado de momento. Tampoco pudo verse, lo cual era una señal inquietante. Culpable: Fidel Castelo.

—Vistos los hechos, coincidimos —dijo Justicia, que se erigió en portavoz—. Hay un responsable común: Fidel Castelo. Como ya se os comentó en otra ocasión, hay una única posibilidad de revertir los hechos, y es que Alex Portillo los modifique, o alguien lo obligue a modificarlos.

Al oír esto, Laura quedó perpleja. Todavía no sabía nada del paradero de su amigo. Ella pensaba que seguía en aquel lugar, por lo cual hubo que explicarle la nueva situación.

—Entonces ¿qué hago yo aquí? —dijo mostrando un rictus de decepción.

—Tú no podrías haber hecho nada quedándote en tu hogar. Alex regresó, sí, pero a otro momento, a otro tiempo en el cual tú no existes. Algunas cosas permanecen, pero otras cambiaron. Y la única forma de que todo vuelva a ser como antes es que entre nosotros y él se modifiquen los hechos que llevaron a todo este enredo.

Las palabras de Justicia eran claras y diáfanas, pero Laura no terminaba de entenderlas. ¿Y cuál iba a ser la solución?

—Puede resultar duro lo que te voy a decir, pero la solución es matar a Alex Portillo — al decir esto, Justicia sintió, a pesar de su naturaleza superior, que algo le partía el corazón intangible que poseía.

Todos miraron a Magnus, el cual, por una vez, cerró el «tercer ojo», como si no quisiera desvelar sus sentimientos.

—Pero eso es una locura —dijo Antonio Arias—. ¿Qué mal ha hecho? ¡Es inocente! —gritó.

—Lo sabemos, pero hay que hacerlo, por el bien de todos — respondió Justicia.

Laura no pudo menos que estremecerse ante aquella solución tan ingrata. De pronto, hizo un esfuerzo, y habló:

—Si alguien debe matarlo, seré yo misma.

Todos reaccionaron con aflicción, pero ninguno se opuso.

—Ahora debéis decirme la manera de hacerlo, pero por favor, me gustaría que no sufriera.

XXV

EL PLAN

Lugar: Dimensión intermedia.

Espacio temporal: octubre de 1974

Legazpi estaba intranquilo y no era para menos. Había tenido un día ajetreado. Sus seguidores aumentaban y casi no podía encontrar tiempo para las charlas y conferencias que requerían su presencia. En una de ellas, impartida en la Facultad de Ciencias de la Información, fue tal el número de espectadores, que tuvieron que habilitar parte de la zona exterior para que los concurrentes pudieran escuchar sin las molestias de los apretujones y la falta de espacio. Sin embargo, se cuidaba de que los fieles no sobrepasaran el límite establecido. No podía incurrir en la imprudencia de parecer que organizaba una especie de secta, con las consiguientes medidas que pudiera adoptar en su contra el Ministerio.

Esa tarde recibió una llamada. No era como las otras, no había un teléfono de por medio, era Magnus que requería su presencia en Filantropía

Lugar: Cuarta dimensión.
Espacio temporal: no cuantificado.

Mientras su cuerpo permanecía inmóvil, recostado en un tatami de color crema, rodeado de unas cartas adivinatorias en las que intentó leer el motivo por el que se le llamaba, y unas velas de incienso perfumaban el habitáculo, su ser inmaterial ascendió hasta alcanzar el lugar adónde debería llegar con urgencia. ¿Había cometido algún error? Su estancia en la dimensión intermedia no era de su agrado, pero actuaba de cortafuegos para resolver cualquier conflicto, y satisfacer los deseos de...

—Magnus, ¡oh!, mi gran señor, es un placer verte de nuevo.

Legazpi miró al «tercer ojo», y sintió que no había enfado ni rencor en aquella mirada que parecía perderse en la inmensidad.

—No te hecho venir por ningún error, no temas, pero sí porque debemos actuar con prontitud para corregir los fallos cometidos por otros seguidores de nuestro sendero.

—Pues habla entonces, maestro. Estoy para obedecer, ya lo sabes —dijo Legazpi sumiso.

—Sé que conoces a todos los que persiguieron alcanzar el estado de perfección que conlleva nuestra grandeza y sabiduría. Estos, omitieron el buen sentido en sus planteamientos y han traído pena y daño. Quisieron engañar a quienes de buena fe pretendían aprender, y llevados de su ambición, incurrieron en miserables actos de traición a nuestro credo.

—Sí, maestro. Sé de algunos. ¿Y qué podemos hacer? Están fuera de nuestro alcance. Nuestras atribuciones son de paz y no de castigo.

—Conociste a Fidel Castelo, ¿no es cierto? —dijo Magnus fijando el «tercer ojo» en Legazpi, de forma que este tuvo que bajar su mirada al sentirse interrogado en su interior.

—Sí, lo conocí…y lo conozco. Deambula por la tercera dimensión. Ha llevado su enajenación al máximo exponente. Sus sesiones y reuniones están llenas de maldad e insensatez.

—Debemos detenerlo.

—¿De qué manera, maestro? Él me conoce y sabe que mi relación contigo es estrecha. Cualquier acción sospechosa lo llevaría a mostrarse huidizo y evitar mi contacto.

—¿Puedes hacer que alguien sospeche de sus malas artes? Una acusación ante las autoridades podría hacer que tuviera que olvidar las prácticas de viajes interdimensionales.

—Creo que la policía ya ha estado tomando medidas, maestro —dijo Legazpi mientras miraba de reojo a la chica que sentada a su lado seguía la conversación con interés.

—Cierto. Pero no se ha detenido. Y aquí tenemos la prueba de su acción irregular. Se llama Laura Cabrera.

—Sí, creo conocerla —respondió Legazpi—. Si no me equivoco, eres muy amiga de un tal Alex Portillo —dijo mientras le guiñaba un ojo a la chica—. Y bien, ¿qué debo hacer?

—Te quedarás aquí y la instruirás. Debe rescatar a Alex Portillo, lo cual, a su vez, provocará el regreso a la normalidad para todos los afectados por las acciones de Castelo. Pero antes hay que preparar el advenimiento de los sucesos que deben acontecer en los próximos años, que aquí serán segundos.

Aunque el tiempo no era la cuestión importante ya que no había mañana, tarde o noche en la cuarta dimensión, Laura y Legazpi se citaron para charlar sobre la estrategia a seguir. Rafael Legazpi era un tipo con cierto atractivo a pesar de su aspecto: delgado tirando a flaco y una voz de pito. Quizás el pertenecer a la cuarta dimensión le daba un encanto especial. Durante el tiempo que permanecía en las otras realidades, siempre estaba rodeado de chicas guapas que buscaban algo que no acertaban a explicar: desprendía un encanto que atraía a los demás sin proponérselo. A veces pensó que su relación con Magnus le proporcionaba aquel aspecto de galán irresistible. Si no, ¿cómo iba a interesar a las muchedumbres a su grupo de designados para los viajes interdimensionales?

—No te he visto en mi vida —respondió Laura arqueando los ojos, como si quisiera encontrar en aquel individuo algún indicio que lo relacionara con su otra existencia—. Supongo que has tenido buenas compañías, por lo que he escuchado de ti. ¿Conociste a mi...?

—¿Novio? ¿Pero era tu novio? También sé por los archivos a los que he acudido, que no llegasteis a mucho, ya me entiendes.

—Lo suficiente para saber cómo es. ¿Te basta con eso?

—¡Bah!, chica, no seas tonta. Todos sabemos lo que te hubiera gustado, ¿eh? —dijo Legazpi guiñando un ojo, de forma que Laura pensó si aquel tipo flirteaba con ella, y más en un lugar tan especial como en el que se encontraban en ese momento.

—Mira, tú, como te llames en realidad, tengo entendido que me vas a enseñar algo para poder rescatar a Alex. Si ese es tu verdadero cometido, es mejor empezar ya. Supongo que Magnus te habrá encargado esto y no intentar sonsacarme para otra «actividad».

—Tienes razón, pero no puedo evitar que mi subconsciente se sienta atraído por una mujer. En realidad, para eso fui creado.

—¿Qué fuiste creado para qué? —respondió Laura con cierto asombro.

—Bueno, me puedes llamar Eros si te gusta más.

Desde aquel momento, Legazpi «Eros» comenzó a enseñar a Laura los fundamentos de las artes del tiempo y el espacio. No solo la llevó a mundos más allá de la cuarta dimensión, si no que la involucró en actividades destinadas a forjar a los más deleznables asesinos y maleantes. Y tuvo que dejarla sola para que obtuviera su «certificado de idoneidad».

—Bien, supongo que estarás preparada para desenvolverte sin ayuda. Has aprendido a disparar, a luchar, a engañar, a…

—No sigas. Se todo lo que tengo que saber. Parece que han pasado solo minutos y conozco más de lo que hubiera imaginado —respondió Laura con orgullo en su voz.

—Sí, parece que han pasado minutos, pero en realidad has viajado a través de años, muchos años. En ellos has ido forjando una identidad que quizás perdure para siempre.

—¿Qué quieres decir?

—Lo que tendrás que vivir ahora, será lo que te hará entrar en el libro de los personajes de leyenda.

—¿Y dónde debo ir? ¿No vienes conmigo?

—Ahora es cosa tuya. Tu destino marcará la fase final. Después de esto vendrá el rescate del tiempo perdido, la vuelta a la normalidad, si es que la hay.

—¿Y qué debo hacer? —dijo Laura con gesto de incredulidad, aun cuando ya no le parecía nada difícil de aceptar en el mundo dónde «vivía».

—Habrás oído hablar de Jesse James, ¿cierto?

—¿El forajido del Oeste americano? —preguntó Laura.

—¿Y sabes cómo murió? —respondió Legazpi.

—Creo que lo asesinó un compañero suyo, o algo así —dijo Laura.

—Verdad. Y tú vas a ser el «cobarde» que acabó con su vida —apostilló Legazpi para finalizar aquel cuestionario.

Laura Cabrera, iba a ser la portadora de un ostentoso alias para su currículum. Se iba a convertir en Laura Cabrera, alias Robert Ford, un asesino.

XXVI

MISSOURI, 1881

Lugar: Cuarta dimensión.

Espacio temporal: Missouri, 1881.

Como toda irrealidad, en el mundo dónde le tocó vivir en los últimos tiempos, de pronto apareció sobre un brioso caballo, tal como los que siempre vio en las películas de vaqueros, pero con la ventaja de montar como una experta amazona, lo cual le pareció imposible ya que ella jamás montó ni siquiera en burro. Pero al igual que podía saltar más allá de lo imaginable, o podía volar como las águilas pescadoras, se vio junto a la vía del ferrocarril, la cual todavía parecía estar en construcción. Cientos de trabajadores se esforzaban en poner traviesas y apuntalarlas a base de golpes y martillazos, mientras que los que parecían capataces se encargaban de dar las órdenes. Lo más sorprendente era que además de hablar en inglés, entendía a la perfección los giros y las más extravagantes palabras que salían de sus bocas, incluso en chino mandarín. Era lo que tenía vivir en un mundo de sueños lúcidos.

Mientras observaba todo aquel espectáculo del montaje de la línea férrea, observó que su indumentaria era la típica de los moradores del Lejano Oeste americano: sombrero de *cowboy*, un pañuelo amarillo en su cuello, traje apropiado para soportar largas travesías a caballo, un largo cubre polvos que le llegaba hasta los tobillos, unas gruesas botas con espuelas, y por supuesto no podía faltar un Colt del calibre 45 de seis tiros, pero que le pareció tan familiar como si la hubiera usado durante años. Para su sorpresa, la culata del revólver llevaba marcada tres muescas, y si no le engañaba su memoria, eso es lo que hacían los pistoleros cuando se deshacían de alguna víctima en los numerosos duelos al sol, como recogían los *westerns* que con seguridad había visto en su vida en la tercera dimensión. En uno de sus bolsillos encontró una nota. Estaba firmada por Legazpi. Entre otras cosas, estaba escrita la historia que creyó conveniente la tuviera en cuenta con objeto de cumplir su misión de la mejor manera posible. Decía lo siguiente:

Sabemos que Jesse James ha matado a muchos hombres. Robó trenes de la Unión, pero la historia registra que Bob y Charlie Ford llevaron a Jesse James a la tumba. Fue un sábado por la noche, cuando las estrellas brillaban. Robaron ese tren de la Unión y fue uno de los chicos más jóvenes quién recogió el botín y se llevó ese dinero. En su casa, inconsciente, mientras miraba unas fotos, creyó escuchar un ruido, y mientras volvía la cabeza una bala acabó con su vida. Fue Bob Ford, uno de los chicos el que le disparó. El pobre Jesse tenía esposa. Ella vivió como una dama toda su vida y los niños fueron valientes. Pero la historia registra que fueron Bob y Charlie Ford los que llevaron al pobre Jesse a la tumba [6].

«Y bien— pensó—, si ella debía asesinar a Jesse James, la historia no guardaría aquel relato como real. En la nota, y según los hechos verídicos, el asesino fue ese tal Bob Ford. Y en este caso, si es una mujer la que acabara con la vida de James, todo cambiaría».

Mientras estaba sumida en esos pensamientos, notó por un fuerte tirón, que alguien retenía su caballo sujetando las bridas.

—No vayas tan deprisa, Jesse te espera tal como acordamos, ¿o lo has olvidado?

El que le hablaba era un hombre de aspecto taciturno. Su voz denotaba cierto malestar, como si algo no fuera bien.

—¿Eh?, sí, perdona —dijo Laura intentando disimular. En realidad, no tenía ni idea quién era aquel tipo, así que tuvo que improvisar—. ¿Nos conocemos?

—¿Estás de broma? Vamos, date prisa, nos esperan. En breve tendremos que actuar, y ya sabes cómo es Jesse. No admite contratiempos.

—Claro, por supuesto, Jesse James… —mencionar aquel nombre le ponía la «piel de gallina».

Por un momento Laura pensó si aquel individuo no la reconocía o se confundía con otra persona. Y de pronto tuvo un vago presentimiento. Entre los diversos utensilios que llevaba en el zurrón que colgaba de su hombro, sacó un pequeño espejo, de los que usaban aquellos vaqueros para afeitarse, y ante su asombro, lo que vio no era la cara de Laura Cabrera, sino la faz de un tipo algo mayor que ella, con barba de varios días, de ojos claros y en cuya boca faltaba uno de los dientes incisivos, lo cual le daba un aspecto un tanto siniestro.

---

[6] *Jesse James, Ry Cooder, 1980.*

—¡Santo Dios! —dijo alzando la voz—, ¡soy un hombre!

—¿Y qué quieres ser, un perrito de las praderas? —dijo su acompañante mientras la miraba sonriente —. Y la próxima vez procura comportarte como un «hombre» —pronunció con retintín—. Eres un poco salvaje, ya te lo dije una vez. Las mujeres necesitan cariño y no una bestia asilvestrada como tú. Esto te lo dice la experiencia de tu hermano mayor.

Laura comenzaba a comprender. El que cabalgaba junta a ella era el hermano de Robert Ford, Charlie, y su destino era unirse a la banda de James. Todo se cumplía según el plan previsto.

El campamento de la banda estaba apostado sobre una colina desde donde podía verse una extensión amplia de la región, observar la llegada del tren, y preparar la emboscada. Era la forma de proceder habitual del grupo. Con anterioridad, bloquearían la vía para impedir el paso, y una vez el tren se detuviera, saldrían en tropel desde distintos puntos y procederían al saqueo del vagón correo, sin contar con los pasajeros, de los cuales darían cuenta si estos oponían alguna resistencia.

Laura, «enfundada» en su cuerpo de Bob Ford, llegó al campamento mientras los hombres se disponían a comer. Su hermano Charlie ya era conocido por todos, por lo que tuvo que hacer la presentación del que iba a ser su nuevo compañero.

—Os presento a mi hermano. Ya os hablé de él. No lo consideréis un pusilánime, es que es así de tímido —dijo entre risas.

Todos rieron mientras comían sin apenas levantar la vista de los platos. Laura observó que el menú consistía en una especie de guiso de carne con alubias.

—Toma, come —dijo uno de ellos que mascaba tabaco al mismo tiempo.

Laura no quiso parecer descortés, por lo que tomó el plato y comenzó a degustar la comida.

—¿Cuándo podré ver a Jesse? —preguntó a uno de los hombres que sentado a su lado relamía la cuchara con fruición.

—Eso depende de él. No es una persona dada a las relaciones personales. Solo te admite en su compañía si le caes bien. Así que intenta parecer simpático y ganarte su confianza.

—¿Tú podrías introducirme en su grupo de allegados?

—¿Y quién eres tú para tener ese privilegio? ¿Tan importante te crees?

—Bueno —dijo Laura mientras degustaba aquel guiso de carne de incierta procedencia—, podría tener alguna importancia en el devenir de su vida. ¿Quién lo sabe?

Su acompañante la miró con extrañeza. No imaginaba que un joven como aquel pudiera ser tan descarado y lleno de confianza en sí mismo.

—De acuerdo, lo intentaré. Pero no prometo nada.

—No tardes, la vida de mucha gente puede estar en juego —respondió Laura dando al mismo tiempo un lengüetazo al plato.

El otro tipo la miró de nuevo con un gesto de sospecha.

«No sé si fiarme de ti», pensó.

XXVII

LAS SOSPECHAS DE FIDEL CASTELO

Lugar: Tercera dimensión.

Espacio temporal: junio de 1979.

Después de la «salida» de Laura de su cuerpo físico y el comienzo del viaje astral, Fidel Castelo sintió que de alguna manera se había liberado de cualquier oponente para poder hacerse con el control de todo lo relacionado con los viajes entre dimensiones. Pero debería deshacerse de otro personaje que sabía de aquellos sorprendentes «itinerarios». Para ello supuso que interferir en lo que sucediera en la dimensión intermedia era la mejor forma de situarse a mitad de camino y cortar cualquier intentona por parte de Legazpi, el cual era un viajero incansable entre los distintos mundos.

Castelo inició el procedimiento para «evolucionar» en el paso entre dimensiones. Entró en su cuarto, aquel cuarto que antes sirvió para que Laura Cabrera, o el mismo Tomás Iriarte viajaran. Como era necesario, acondicionó el habitáculo de la manera más psicodélica. Para ello situó unos grandes cirios de colores en la posición adecuada, de los cuales se desprendían aromas a incienso, hierbas y otras fragancias más exóticas. Se tumbó en una colchoneta, y entonó de memoria el salmo que, escrito en el libro agustiniano, el ángel le proporcionó al santo de Hipona para viajar a través de las ensoñaciones. Fue de esta manera que se alejó del mundo de los desvelados para pasar al mundo de los sueños lúcidos. No tardó más de diez minutos. Comenzó con una visión introspectiva de su consciencia en la cual existían huecos por completar, huecos que quizás alguna vez estuvieron cubiertos, pero que, con el paso del tiempo y los conflictos internos, se fueron vaciando de los «ladrillos», los cuales si alguien los hubiera observado en su origen los habría visto formando un mosaico de colores de gran belleza. Así es como en cualquier ser viviente se presenta la «fachada» externa del interior de su consciencia. Según el grado de complejidad y su disposición, esa «fachada» estará expuesta a los múltiples golpes de la realidad, y la forma de afrontarlos hará que permanezcan intactos, o no. En este caso, Santi, o en su caso y según la época, su otro yo, Fidel Castelo, presentaba una estructura bastante deteriorada. Por mucho conocimiento que tuviera de la realidad en otras dimensiones, no le sirvió para reconocer esa dificultad y carencia, lo que lo hizo más impenetrable y capaz de la mayor de las maldades.

A continuación, recibió un destello de luz iridiscente. Poco a poco comenzó a «ver»: primero su cuerpo en reposo. Desde lo alto de la habitación se contempló a sí mismo sumergido en un sueño profundo, pero ligero a la vez, unido con un invisible cordón plateado. Debería estar en alerta ante cualquier contingencia. «Sí, permanecía vivo», pensó. Era imprescindible que fuera así, si no, jamás volvería. A su vez hizo que su envoltura corpórea lo acompañara, el cual después quedó yacente en el mismo lugar de la dimensión intermedia. Y comprobó que su ente astral fuera conforme a lo establecido en las leyes de los viajes interdimensionales.

```
Lugar: Dimensión intermedia.
Espacio temporal: octubre de 1974.
```

Tenía que buscar la manera de ponerse en contacto con Legazpi. Conocía la influencia que este tenía entre la juventud universitaria, ávida de nuevas experiencias y conocimiento de los extraños mundos situados entre la magia y lo psicodélico. Para ello, su relación con otros compañeros de Facultad le llevó a la búsqueda de quién hasta ese momento había sido uno de los más fervientes seguidores, Luis Delgado. Este era un joven lánguido, aficionado a lo militar y a los toros. Poseía un Renault 5 tuneado, y se la daba de seguidor de Jose Antonio Primo de Rivera, fundador de la Falange, a quien consideraba una figura del Olimpo.

—Hombre, Luis, dichosos los ojos —dijo Santi con una cortesía fingida.

—Qué pasa, Santi. Oye, tengo dos entradas para la corrida del fin de semana próximo, ¿te interesa?

—No, verás, tengo trabajo. Además, tenemos examen de Galénica. Oye, estaba pensando que hace tiempo que no veo a ese tal Legazpi, sabes de quién te hablo, ¿verdad?

—Claro, es un chaval muy interesante. No me digas que todavía no has ido a sus charlas de astrología y mundos paralelos. ¡Es increíble lo que cuenta!

—Sí, por eso te digo. Igual querría ir.

—Pues, ¿sabes? Ha desaparecido. Hace semanas que no sabemos de él. Dicen que la última vez lo vieron con Falcón y ese tal Alex Portillo. ¿Los conoces?

Cuando escuchó lo de Alex Portillo, Santi se quedó pensativo. ¿Sería posible que hubiera vuelto a recordar lo sucedido con el resto de los compañeros, incluida Laura Cabrera? «Imposible, Alex y Laura estarían en la cuarta dimensión», pensó.

No se detuvo en los detalles que le dio Luis Delgado, sino que anduvo toda la mañana por los pasillos de la Facultad buscando a Alex, si es que en verdad era él. Después asistió a las distintas clases: entraba en el aula, se sentaba en la última fila, echaba un vistazo a los presentes por si lo veía, y se marchaba. Falto de resultados optó por sentarse en las escaleras de la entrada al edificio. Aprovechó que el día se prestaba a tomar el sol, por lo que se relajó y apoyado en uno de los muros laterales comenzó a adormilarse.

—Hola, creo que nos conocemos.

Ante lo inesperado del saludo, Santi se sobresaltó y se puso de pie en actitud defensiva. Para su sorpresa, delante suya se encontraba Alex Portillo.

—¿Tú crees? Bueno, todo es posible. Ten en cuenta que aquí nos cruzamos unos con otros sin apenas saber de nuestras vidas.

Santi no sabía qué decir. Estaba claro que aquel era Alex, el que hasta hacía poco tiempo había sido otro alumno como él de la Facultad y al que Tomás Iriarte y él mismo habían mandado al «otro mundo». Cómo había regresado era una incógnita. Por fortuna no lo recordaba, lo que resultó de un gran alivio. Tenía que averiguar que había ocurrido para tenerlo otra vez allí.

—Te lo digo porque tu cara me suena. ¿Sabes una cosa? No es que se lo vaya contando a todo el mundo —dijo en voz baja y mirando alrededor—, pero siento que mi vida no es la misma desde hace tiempo, y estoy buscando cualquier cosa que me haga recordar el porqué de todo este desasosiego interior.

Alex sintió que la presencia de aquel tipo le permitía sincerarse de un modo inexplicable.

—Pues amigo, creo que has dado con la persona adecuada. Yo tengo algo de psicólogo y puedes confiar en mí. ¿Qué te parece si tomamos una cerveza?

Bajaron a la cafetería. La hora del aperitivo estaba en pleno apogeo, por lo que había pocas mesas disponibles y decidieron quedarse de pie ante la barra. Pidieron dos cañas y una bolsa de patatas fritas.

—Cuéntame que te pasa chaval —dijo Santi mostrando un interés que iba más allá de la simple ayuda. Tenía que sonsacarle para saber que ocurría.

—Pues no te sabría decir con exactitud. Pero creo que yo no soy el mismo. Noto que algo no va bien en mi interior. Es como si hubiera vivido en otro lugar, en otro tiempo, percibo que «el hoy» y «el ahora» es algo que no es lo real. No sé si me entiendes. Es por ello por lo que cuando te vi me pareció que te conocía de antes, que tu cara me era familiar.

—Puede pasar. Yo he conocido gente que han creído estar en un planeta que no es el suyo —contestó Santi intentando tirar de la lengua a Alex con alguna tonta ocurrencia.

—¿Te burlas de mí? —respondió Alex—. Mira, al parecer existe alguien que entre nosotros intenta captar adeptos para una serie de experiencias alucinantes, un tal Legazpi. Un chaval me ha comentado que puede indagar en nuestro subconsciente y resolver problemas de la personalidad.

Aquello fue lo que buscaba Santi. Nombrar a Legazpi lo conmovió de tal manera que Alex quedó sorprendido por la reacción de su acompañante. Santi tomó por el brazo a Alex, de tal manera que tuvo que soltar el vaso que se llevaba a la boca en ese momento.

—¿Sabes dónde está Legazpi? —preguntó Santi elevando la voz, lo que hizo que más de uno que pasaba junto a ellos se quedaran mirándolo extrañado.

—No lo sé. Hace tiempo que no se le ve por aquí. Mi compañero Falcón dice que se fue de viaje, pero no sabemos nada de él. ¿Y a ti que más te da, lo conoces también?

Santi se dio cuenta que su reacción podría levantar sospechas, y con aire calmo, se acercó a Alex y le pasó el brazo por encima intentando aparentar tranquilidad.

—Sí, algo he oído. Pero yo no creo en esas tonterías. Mira, vamos a hacer una cosa, te voy a dar mi teléfono y la dirección de mi gabinete, y si lo ves me llamas. Igual nos acercamos juntos a visitarlo, ¿te parece?

Después de la despedida, Alex se dirigió a buscar a su compañero Javier, mientras Santi quedó más que preocupado. «Algo no iba bien», pensó. Y estaba seguro que Legazpi estaba jugando una partida en la que él tenía las de perder.

Y eso no lo podía permitir.

XXVIII

PREPARATIVOS

Lugar: Cuarta dimensión.

Espacio temporal: no cuantificado.

En Filantropía, la reunión entre Legazpi, Magnus y algunos «desconocidos» pixelados, estaba encaminada a preparar la forma en la que Alex Portillo tendría que preparar un nexo entre su mundo actual, el anterior y la cuarta dimensión.

Se barajaban diversas opciones, pero todas deberían ir orientadas para que Alex tomara conocimiento de su situación y al mismo tiempo reconociera a los diferentes actores que interaccionarían en su vida. Claro estaba, que lo último que debería producirse era un estado de irracionalidad que lo llevara a un trastorno psíquico. No sería el primer caso en el que un intento de hacer tomar consciencia de una realidad alternativa hubiera costado una demencia irreversible.

Legazpi pensó, que una ficticia tumba de Iriarte se situaría junto a la de la madre de Alex. Al mismo tiempo, cada año, lo que en el lapso de la dimensión intermedia y la cuarta era imperceptible, el propio Legazpi depositaría sobre la tumba de Iriarte, a modo de recordatorio, la noticia del fallecimiento de Tomás, y el nombre del supuesto asesino, Fidel Castelo. Debería ser suficiente para que Alex fuera dudando sobre lo real de aquel suceso, y la intriga lo consumiera. A continuación, que sería en una hora determinada, las doce del mediodía, Laura Cabrera haría su aparición y acabaría con su vida, es decir, con la vida de la realidad «no real» en la que estaba sumergido.

Todos asintieron y estuvieron de acuerdo, unos más que otros, con las vacilaciones y objeciones correspondientes, sin comprender en realidad el alcance de aquellos actos.

—¿Y si Alex no se siente atraído por el periódico? —comentó Antonio Arias.

—Tu compañero es lo bastante listo para percibir lo insólito de las cosas —respondió Legazpi.

—¿Y si yo fuera en su lugar y tomara parte en el hecho? Lo avisaría y le diría la verdad —dijo Gabriel, el mono, insistiendo en ser parte del plan.

—No, Gabriel, tú eres un momo y alarmarías a todo el mundo. ¿Dónde se ha visto un simio hablando y avisando a la gente de vivir una irrealidad? Te tomarían por loco —contestó Juicio.

Pero hubo una pregunta que sí puso en duda la efectividad del procedimiento a realizar. Fue el mismo Magnus quién la formuló:

—¿Y si Laura Cabrera no lleva a buen puerto su misión, y no es capaz de liquidar a Alex Portillo?

Todos miraron al tercer ojo, y dudaron ante lo acertado de aquella hipótesis, menos Gabriel, que jugaba con una pelota como si nada fuera con él. En realidad, nadie supo que Magnus veía con antelación todo lo que sucedería. ¿Por qué si no aquella teoría? Laura debería acabar con Alex, pero ninguno de los presentes tuvo en cuenta la situación de los cuerpos. Ya no estaban en la tercera dimensión. Estaban en otro lugar, cosa que ninguno tuvo presente, salvo Legazpi y el ciclópeo monarca.

Y aunque aquella posibilidad existía, decidieron seguir adelante. Legazpi debería regresar al año, lugar y momento adecuado y depositar el periódico.

Lugar: Dimensión intermedia, sueño lúcido de Alex Portillo.

Espacio temporal: 1 de noviembre de 1979, Día de Todos los santos.

El cementerio estaba desierto. La hora de las visitas no había comenzado. Solo uno de los cuidadores ejercía su función limpiando las hojarascas y ordenando las espuertas y cubos de agua. En uno de los extremos, dónde no parecía acudir mucha gente, y unos cuantos mausoleos abandonados y unos nichos abiertos ejercían de mudos testigos, una explosión en el aire dejó escapar un vapor azulado que a la vez esparció un olor a tormenta y tierra mojada. En medio de aquel fenómeno inusual en el recinto, una figura surgió con un papel entre sus manos. Se encaminó hacia la tumba de Leonor Macías, la madre de Alex Portillo, y junto a ella «idealizó» otra tumba, la de Tomás Iriarte. Sabía que ese día, en breves minutos, aparecerían Luis Portillo y su hijo Alex. Era necesario que encontrara el periódico. Todo quedaba en las manos del muchacho. El recogería aquel trozo de papel y comenzaría el juego. Y si todo iba bien, pronto volverían a su estado anterior, a la vida de la tercera dimensión, donde las cosas serían de otra manera.

Pero ¿se cumpliría lo que Magnus se temía? ¿Sería capaz Laura Cabrera de terminar el proceso?

XXIX

¿CONOCES A JESSE JAMES?

Lugar: Cuarta dimensión.

Espacio temporal: Missouri, 1881.

—Así que todavía no lo has visto, ¿verdad? —preguntó Roy Cooper, uno más de la banda, a quién solo le interesaba tocar el violín.

—Es lo que más deseo en este mundo. Siento predilección por este hombre. Desde hace tiempo he seguido sus pasos. He leído todo lo que se ha escrito sobre él. Si todo lo que se cuenta es cierto, es una especie de semidios.

—Sí, un semidios que tiene a sus espaldas más de veinte asesinatos y otros tantos asaltos a bancos y trenes. ¿Aun así lo seguirás considerando un semidios?

—¡Pues claro! —respondió Laura con rabia, a quién los demás la seguían viendo como Robert Ford—. ¿Tú como lo consideras, no lo admiras?

—Es parte de mi familia. Daría mi vida por él —dijo Cooper alzando la vista, como si quisiera poner al verdadero Dios por testigo de aquella afirmación, y desafiando con la mirada a Laura.

—Y dime, ¿cómo es? Me refiero como persona, no te pregunto por su físico, eso me da igual —Laura mentía, tenía que conocerlo cuanto antes si quería cumplir con su misión.

—Es tranquilo cuando no lo provocas; inteligente, noble, amante de su esposa y de sus hijos; pero fuerte y justo cuando hay que aplicar justicia. Nadie debe desobedecer sus órdenes. Es el jefe y sabe lo que hay que hacer en cada momento. Si te digo la verdad, todos lo temen en cierta forma.

—¿Lo teméis? —dijo Laura—¿Por qué?

Cooper no respondió. Alguien lo llamó en ese momento y se levantó con prisa. Laura miró hacia dónde se dirigía y se percató de la presencia de una figura que, vuelta de espaldas le señaló a Cooper algo en la parte baja, por la que debería aparecer el tren. Estaba segura que aquel tipo era Jesse. Iba bien vestido con un elegante traje que no acompañaba a la vestimenta de los demás miembros de la banda, translucía una superioridad moral y física respecto a los otros. Escuchó su voz airada. No parecía de buen humor, lo que hizo que se mantuviera alejada esperando mejor ocasión. De pronto, antes de que hubiera decidido marcharse, aquel tipo, el que parecía ser Jesse James, volvió la cabeza y la miró.

Cuando Laura vio su rostro quedó paralizada por la sorpresa.
«Es imposible, no puedes ser tú», pensó.

Lugar: Cuarta dimensión.
Espacio temporal: no cuantificado.

Fidel Castelo se hizo vestir de caballero medieval, de caballero negro para causar mayor impresión. Sí, algo así como un templario, pero de negro. Siempre había sido su color preferido. ¿Por qué se iba a privar de aquel capricho? Además, le daría más prestancia, y quién sabe si autoridad. Con solo la imaginación volvió a saltar entre dimensiones. Y allí estaba, en un mundo ya conocido por él de antemano y dispuesto a entablar una investigación en la que le iba su dominio sobre un poder usurpado por seres inferiores, o al menos entorpecido por la injerencia de cierto individuo y sus contactos con el que se denominaba majestuoso señor de los cuatro mundos. Algún día él llegaría a subyugar esos cuatro, y los que hicieran falta por descubrir.

De un salto, y con la ayuda de su espada dirigida hacia el cielo, voló. Buscaría la figura del que sería su primer contacto, aquel al que muchos llamaban el Orante. Y sabía dónde se encontraba. Lo sabía desde hacía cientos de años.

XXX

EL HOGAR DEL ORANTE

Lugar: Cuarta dimensión.

Espacio temporal: no cuantificado.

Si la mayor parte de aquel territorio en el cual tenía su asiento el reino de Filantropía era un terreno fértil y agradable para la vida, una vida irreal, Fidel Castelo supo que su destino no estaba en el que habitaban la mayor parte de sus moradores. Una zona de aquel espacio dimensional presentaba un aspecto algo más inhóspito: era un desierto de suelos agrietados, en el que un inseguro horizonte no dejaba ver más allá de unos montículos envueltos en una niebla de color ambarino, como si la bilis de un gigante hubiera esparcido su contenido para dejar un olor agrio y amargo, creando una atmósfera maloliente. En el centro de aquel lugar agreste, se podía observar una columna de humo que llegaba hasta el cielo y formaba en las alturas una nubecilla sobre la cual se levantaba un tronco sinuoso, con gruesas raíces, a cuyos pies la figura de un hombrecillo desnudo, con los ojos cubiertos por un trapo de color rojo, parecía meditar con las manos cruzadas como si fuera un penitente. Junto a él, un cortejo de sombras negras encapuchadas, y sobre su cabeza, otra nube más espesa y oscura ocultaba una enorme mano que se movía al compás de los rezos, como un director de orquesta que mantuviera el tempo, el ritmo del compás y la velocidad de los músicos de una gran filarmónica. Una sola mano bastaba para dirigir la declamación de aquel ser al que llamaban el Orante.

Fidel Castelo se acercó sin más. Sabía que su presencia podía perturbar la meditación del extraño personaje, pero era necesaria su colaboración. Ante él, la columna de humo removía desde la base hasta la parte superior cualquier objeto que pudiera acercarse, como un tornado eleva y arrastra los objetos que encuentra en su camino, y Fidel Castelo aprovechó aquel extraño fenómeno para ascender hasta la presencia del hombrecillo. No hicieron falta las presentaciones.

—Hace tiempo que no apareces por aquí. Veo que no has cambiado —dijo el Orante. Después de tanto tiempo sigues con tus ambiciones intactas.

—Y tú sigues con tus imprecaciones. ¿A quién invocas ahora? En este mundo solo hay un poder superior. ¿Eres tú el que has cambiado de bando?

Mientras hablaban, la gran mano que dirigía desde las alturas los rezos del Orante, comenzó a moverse al ritmo de la conversación, de tal manera que, con cada entonación, pregunta o expresión salida de la boca de su amo, se agitaba y reproducía las mismas como si fuera un traductor de lenguaje para sordos.

—No hay poder superior más que la voluntad de cada uno. No tengo nadie que me ordene lo que debo hacer —dijo el Orante con una voz melodiosa que para Fidel Castelo sonó a canto gregoriano, cosa nada extraña tratándose de aquel ser.

—Pues ya sabes que en este mundo hay alguien superior a ti, ciego.

—Te refieres a Magnus, lo sé. Yo vivo en otra tierra, alejado de sus posesiones, intento no entrometerme en sus asuntos,

—¿Has visto o escuchado algo extraño en estos días? —preguntó Fidel Castelo. Pensó que debería «ir al grano» de una vez.

—¿Es un asunto que te incumbe? Eres un individuo lleno de falsedad, Fidelis do Castellum. Es seguro que no buscas nada bueno, nunca los has hecho. Conozco el interior de cada persona y sé que ocultas algo malicioso. Dime la verdad, ¿qué quieres de nosotros? ¿No te bastó con lo que nos hiciste?

—¿Has visto llegar nuevos viajeros? Responde con sinceridad, tus convicciones te impiden mentir.

El Orante permaneció en silencio, al tiempo que la gran mano superior quedó inmovilizada, dando a entender que dudaba cómo reaccionar.

—En efecto, no puedo mentir. Pero te diré algo, los que han venido pueden ser el motivo de tu desgracia. Ellos buscan algo distinto a lo que tú pretendes.

—¡Por todos los diablos, ciego del demonio! —gritó Castelo enfurecido—, dime quiénes han venido y por qué.

Con la misma facilidad con la que subió a la nube, descendió. Fidel Castelo obtuvo lo que buscaba, los nombres y sus propósitos. Tras de sí, tendido en la nubecilla, el cuerpo del Orante yacía desplomado. Su rostro había quedado desprendido de la gran venda roja que cubría sus ojos, dejando ver las oquedades, en cuyo interior una luz parecía apagarse como una estrella que pierde su resplandor y se convierte en un agujero negro. Sobre él, la gran mano que actuaba de director de los cantos y rezos de aquel ser, languidecía como una hoja seca a punto de caer del árbol en un otoño triste. Las sombras encapuchadas permanecían en silencio, inalterables, como si hubieran perdido quién las condujera en aquel extraño mundo.

Fidel Castelo supo de los planes para devolver a Alex Portillo a la tercera dimensión; supo dónde se encontraba Laura Cabrera, aunque no entendía muy bien que carajo hacía en el Lejano Oeste; supo del paradero de su socio Tomás Iriarte; supo que su competidor, Legazpi, actuaba junto a Magnus; y supo que podría contar con un aliado si jugaba bien sus cartas. Y a esa carta se aferraría si deseaba que su dominio en las distintas dimensiones no se viera perjudicado.

XXXI

TRAICIÓN

Lugar: Cuarta dimensión.

Espacio temporal: no cuantificado.

Acostumbrado a los saltos temporales y a viajar por las más extrañas dimensiones, Fidel Castelo estaba convencido que podría pasar desapercibido en Filantropía e interferir en la percepción de sus desconocidos habitantes pixelados, así que tomó consigo un brioso corcel con alas, un Pegaso de color negro que hiciera juego con su indumentaria de caballero. ¿A quién le iba a importar la presencia de un tipo vestido a la usanza medieval? Además, se sentía a gusto con la que consideraba su vestidura original. Aquel reino era famoso por la libertad en sus modos y costumbres. Cuando su majestuoso caballo posó sus pezuñas en el terreno, un numeroso grupo de pobladores, «desconocidos» pixelados, se acercaron atónitos por aquella esplendorosa presencia, y a pesar de que en Filantropía se podían ver toda clase de maravillas, nunca lo nuevo dejaba de ser examinado con admiración. Una ingente multitud de pixelados rodeó a Fidel Castelo a la que de inmediato dispersó con el pensamiento, haciéndoles creer que tan solo se trataba de un mendigo con su pollino. ¿Todos? Uno de aquellos curiosos permanecía mirándolo. Tenía aspecto de mono, pero en su mirar había algo más, como si reconociera a quién tenía delante. Fidel Castelo lo observó, y ante aquel aspecto simiesco dudó si se trataba en verdad de un animal o tenía algo de humano. La respuesta no tardó en llegar a sus oídos.

—Algo me decía que no tardaría en verte de nuevo la cara.

—¿Quién coño eres? —respondió Fidel Castelo sin dirigirle la mirada sorprendido por la forma de hablar del mono, mientras ataba su caballo.

—Quizás haya sido la estancia en este mundo, pero mis sentidos se han hecho más clarividentes. Sé de mi origen, y al mismo tiempo he podido indagar en el devenir de mi situación. Tomás Iriarte me apercibió que tú podrías buscarme para acabar conmigo y con los demás. Aquí nadie sabe de ti, pero podrás comprobar que yo no soy como los demás.

Ante aquella respuesta tan llena de vehemencia, Fidel Castelo dirigió su vista hacia quién parecía conocerlo.

—Ahora me acuerdo. ¡Claro! Tú eres Gabriel, el mono que nos prestaron en aquel apestoso circo. ¡Ja!, qué bueno, pensaba que te había perdido cuando experimentamos contigo. ¿Sabes una cosa? Tu cuerpo físico está todavía en hibernación, y no muy lejos de aquí, así que no todo está perdido para ti. Cuando quieras puedes volver a tu vida de mono.

La expresión y la entonación en las palabras de Fidel Castelo fueron tan duras y llenas de sarcasmo, que Gabriel estuvo a punto de saltar sobre Castelo. Sin embargo, se contuvo. Quizás podría ser su esperanza de conservar su capacidad humana.

—En primer lugar, no soy un mono. Ya no.

—¿No? Entonces ¿qué eres?, ¿un perro?, o mejor, ¿un gatito para ronronear en los brazos de esa chica... ¿cómo se llama? Ah, sí, Laura. Pobrecilla, seguro que echa de menos a su querido novio. Si tú me ayudaras, podríamos salvarla, a ella y a su novio. Ah, perdona —dijo mirando con fingido afecto a Gabriel—, hoy estoy generoso. Y a ti también. Volverías a ser un mono, o lo que quieras, pero racional, avanzado, un ser superior.

—¿Qué me propones? ¿Traicionar a mis amigos? —Gabriel se quedó por un momento pensativo—. Aunque en realidad, no sé si son mis amigos. Me prometieron volver y de momento no han hecho nada, solo palabras que no me convencen.

—¿Traicionar? ¿A qué llamas traición? Solo traicionan los débiles. Nosotros somos fuertes, Gabriel, y tú más que ninguno. Has sobrevivido a la más cruel de las manipulaciones científicas. Sí, ya sé que me culpas de ello, y a Tomás Iriarte. Pero piensa un momento, todo fue buscando tu bien, hacer de ti un héroe. Pero, veo que no me crees. De acuerdo, no puedo contar contigo, tienes que ser fiel a tus amigos —Fidel Castelo se dio la vuelta. Una sonrisa maliciosa se dibujó en su rostro sin que Gabriel pudiera apercibirla.

—Sí, te creo, quiero creerte. Ayuda mi incredulidad —gritó Gabriel en tono de súplica.

Fidel Castelo se giró y miró con firmeza a los ojos del mono, en los cuales se reflejaba una escondida humanidad.

—Te ayudaré, pero debemos actuar y me tienes que contar todo lo que sepas.

—De acuerdo —Gabriel le tendió la mano a Fidel Castelo, y ambas se fundieron en un gesto de aprobación. La traición se estaba consumando.

Durante los siguientes días, Gabriel evitaba la compañía del resto del grupo. Ponía la excusa de querer aprender sobre la vida de las gentes de Filantropía con vistas a mejorar y poder usar sus conocimientos cuando volviera a su nueva existencia en la tercera dimensión. Sin embargo, durante el tiempo que permanecía fuera, buscaba a Fidel Castelo. Este, ataviado con sus ropajes de caballero, se había acondicionado una vivienda en las afueras, y recibía allí al simio, donde elaboraban sus planes y las maniobras a seguir.

—¿Y dices que han mandado a Laura al Lejano Oeste?
—Exacto —respondió Gabriel—, al parecer es una forma de habituar a la chica al trabajo de asesino, no sé muy bien la razón, además dicen que tendrá que luchar contra sus propias convicciones.

Fidel Castel se quedó pensativo. Intentaba entender la finalidad de aquel plan. Durante un buen rato pensó, y pensó. Agitaba la espada en el aire, de tal manera que alguna vez, Gabriel, que se movía a su alrededor, tuvo que saltar como un mono para esquivar un tajo de la afilada hoja. Si la intención de Magnus y sus asesores, como Legazpi, era revertir todo el lío organizado con la supuesta muerte de Tomás Iriarte y la desaparición de Alex Portillo y su novia, ¿qué carajo significaba el viaje en el tiempo y la perturbación de las dimensiones con el envío de Laura Cabrera al oeste americano? A menos que…de alguna manera, otro Alex Portillo se hubiera visto reflejado en aquella época, aunque fuera bajo la forma de otro habitante, y el hecho de sacarlo de allí creara una corriente de flujo interdimensional que removiera lo establecido hasta ese momento. ¡Sí, eso era! Fidel Castelo tenía el convencimiento de que aquella era la respuesta

—¡Exacto! —gritó—. ¡Lo tengo!

Gabriel, aturdido por la exclamación, no pudo menos que esbozar una risa de aprobación, como si entendiera lo que en ese momento pasaba por la cabeza de su futuro salvador, o al menos eso era lo que quería que fuese.

—¿Sabes lo que vamos a hacer, mono estúpido? —dijo Fidel Castelo envainando la espada mientras se colocaba el yelmo.

—Amo, soy todo oídos —respondió Gabriel con un tono de voz que delataba acatamiento forzado.

—Iremos al Lejano Oeste en el siglo XIX, en concreto a 1881. Las vibraciones de Laura Cabrera indican que allí está situada en este momento. Y si no me equivoco, actuaremos tan rápido que los planes de nuestros oponentes se desvanecerán de inmediato.

—Pero amo, ¿cómo podemos hacerlo? —preguntó Gabriel mientras se rascaba la cabeza.

—Se nota que eres un ser inferior. ¿Todavía no te has dado cuenta de que en este espacio dimensional nada nos está prohibido? Piensa lo que desees y lo conseguirás. Estás soñando, estúpido. Puedes volar, vestirte de pájaro o ser un pájaro, saltar hasta el infinito, viajar en el tiempo… ¡Bah!, no sé ni por qué te cuento todo esto, a ti que eres un ser despreciable.

Gabriel no supo cómo reaccionar. Pensaba que Fidel Castelo sería su tabla de salvación para poder regresar, y tal como le prometió lo haría conservando su capacidad humana. Pero esa forma de hablarle rebajaba aún más si cabe su maltrecha dignidad.

—Sí, amo. Tienes razón. Pero los seres despreciables como yo también tenemos nuestro sentido del decoro. Te seguiré dónde quiera que vayas.

Aquellas palabras fueron dichas con el más profundo dolor que Gabriel podría albergar en su corazón de simio, pero en lo más íntimo sintió que algún día tendría su oportunidad.

Esperaría impaciente.

XXXII

LA BALADA DE LAURA CABRERA

Lugar: Cuarta dimensión.

Espacio temporal: Missouri,1881.

Yo, no era yo. Y él tenía unos ojos almendrados. Como Alex. Era su misma imagen. Pero tampoco era él. Algo en su mirada me decía que buscaba una explicación. Aunque mi cabeza pensaba y discurría como Laura Cabrera, mi rostro no era de mujer, mi cuerpo no estaba moldeado con las insinuantes curvas de mi otro ego. Y sin embargo aquellos ojos se clavaban en mi interior como si reconociera algo de mi propia existencia.

—Juro por Dios, que veo en ti algo especial. ¿Acaso no eres uno de los hermanos Ford, los recién llegados?

No supe que contestar. ¿Qué podía hacer? ¿Lanzarme a sus brazos y besarlo con pasión? Si lo hiciera me tomaría por un pervertido, y aquí y en este momento acabaría la misión encomendada. Pero no había ninguna duda. Aquel hombre al que todos conocían como Jesse James, era en realidad Alex Portillo. ¿Qué coño significaba todo esto? Si mi misión era acabar con la vida del forajido más famoso del Far West, *aquel que asesinó a no sé cuántas personas, que atracó no sé cuántos bancos y asaltó otros tantos trenes, algo estaba equivocado. No podía liquidar a Alex. No, yo no era una asesina y menos dispuesta a quitar la vida de aquel por el que me había embarcado en una extraña aventura. Pero, por otro lado, yo, no era yo. Era Robert Ford, y no solo lo sabía porque mi mente me lo dijera, también lo notaba en otras circunstancias, como diría... más tangibles. Sobre todo, cuando tenía ganas de orinar. Aquello fue un sensación nueva y extraña. Yo era una mujer, sí, y hasta hacía poco tiempo me comportaba como tal. Pero mi cuerpo en aquel espacio temporal de aquel mundo paralelo, no era de mujer, y mis necesidades iban acompañadas de las de un hombre. Me cuesta entrar en detalles, pero tocar...aquello, por un lado, me producía repulsión, pero por otro, me excitaba. Y allí, ante mí, estaba él, a quién yo amé durante un breve periodo de tiempo, y a quién se me ordenaba asesinar.*

—Sí, me llamo Lau...Robert —dije mezclando los nombres debido a los nervios que me atenazaban.

—¿Lau Robert?, extraño nombre. Y aun así te noto distinto a los demás. ¿Seguro que no nos hemos visto antes?

—No, creo que no. Aunque existen muchas vidas y a lo mejor en alguna ocasión, en otro mundo, hemos coincidido.

—No creo en otras vidas. Ni siquiera creo que todo esto sea real. ¿Piensas que una vida de crímenes y asesinatos, de robos y tropelías sin cuento, es vida? —respondió Jesse mientras encendía un

cigarrillo, lo cual me sorprendió aún más, ya que Alex no fumaba, y me demostraba que todo era distinto.

—Y si no es vida, ¿por qué lo haces? —dije mientras intentaba encontrar en la inmensidad de aquellos ojazos algo que pudiera pertenecer a Alex, que reflejara que era el Alex que conocí.

—Supongo que las circunstancias. Tuve que luchar en el bando de los confederados contra los yanquis, y eso me marcó. Más tarde seguí metido en un mundo del que no se puede escapar, un mundo en el que buscas lo más fácil y la forma más rápida de enriquecerte. Pero ¿por qué te cuento todo esto? —Jesse se levantó del asiento de piedras en el que estaba acomodado y se dirigió de nuevo hacia la explanada desde la que se divisaba la vía del ferrocarril—. ¿Ves? Esta es nuestra vida, pero hoy será el último asalto. Después de esto me retiro. ¿Quieres venir conmigo?

No supe que contestar. Según la historia, Robert Ford asesinó a Jesse James. Pero si lo seguía, debería ser yo la asesina. Para la historia, Robert Ford asesinó a Jesse James, pero nunca se sabría que en realidad sería Laura Cabrera la causante de la muerte de aquel hombre. Y no estaba dispuesta a ser la causante de un crimen sin tener constancia de quién era la verdadera víctima.

Días después del último asalto, y tal como prometió, Jesse James se retiró a su casa. Su mujer y sus hijos lo esperaban, y yo lo seguí. Las muestras de cariño que mostraba hacia su mujer me producían una convulsión interior y un malestar que procuraba que no se reflejara en mi semblante. Yo permanecía alojada en un cuarto separado del resto, pero no dejaba de escuchar los gemidos y gritos de pasión de su esposa cuando hacían el amor, y eso me removía las tripas. ¿Por qué ella y no yo? Él era Alex, era mi amante, o eso pensaba, pero viendo lo que me colgaba de cintura para abajo no me ofrecía muchas esperanzas.

Pasaron las semanas. Y decidí que llegó el momento. No quería ni podía hacerlo. ¡Por Dios, era Alex! Escuché algo en lo más profundo de mi ser que me invitaba a marchar lejos, a ser cobarde, a no realizar aquel acto que con seguridad me marcaría el resto de mi existencia. Pero no podía desertar en este momento, si estaba allí sería por alguna razón. Si aquel era mi cometido, todo tendría una explicación y un final feliz. Magnus, Legazpi, los demás, todo dependía de mi obediencia en ese momento. Y si era a Alex a quien debía asesinar... ¡Santo Dios! No podía ser real, claro que no. ¿No estaba acaso en un sueño lúcido?

No lo pensé dos veces. En aquel momento, no sé el porqué, un cuadro de una de las habitaciones, uno que al parecer reflejaba algo íntimo de la vida de Jesse, pero al que no pude acceder con la vista, se había torcido. Se subió sobre un taburete para enderezarlo, y vi que llegó el momento. Saqué mi revólver y apunté. Cerré los ojos. Si era yo la que iba a acabar con su vida, no quería ver como destrozaba su cabeza con un disparo y los sesos se desparramaban por el suelo.

—Hasta pronto, amor mío —le dije en voz alta.

Sin querer, me vi repitiendo esas palabras en otro momento.

Jesse giró la cabeza, una bala le atravesó la frente y cayó de bruces, manchando de sangre la hermosa alfombra que tapizaba la habitación. El cuadro cayó al mismo tiempo que él, rompiéndose en multitud de fragmentos. En ese momento pude ver lo que guardaba aquel marco, lo que con tanto mimo limpió y cuidó, aquello que no supe percibir en su totalidad. Me agaché para recogerlo. Era una fotografía, vieja y descuidada. Pero me dejó sin respiración. En esa vieja fotografía estaba reflejada la imagen de Laura Portillo, mi imagen.

¿Qué misterio era aquel? «Los sueños me estaba jugando una mala pasada», pensé. Ojalá pudiera despertar.

Pero mi sorpresa fue mayor cuando me di cuenta que mi arma de fuego no fue la causante de la muerte de Jesse. Aprecié que no había disparado ninguna bala. Estaba fría, intacta. Y detrás de mí, alguien rio con fuerza, como si se burlara de mi estado de perplejidad.

—Vaya, vaya, así que has fallado —dijo una voz que reconocí al instante—. Bueno, no somos perfectos. ¿verdad, querida?

Allí, ante mí, Fidel Castelo, Santi, portaba una Remington aún humeante. Y junto a él, otra figura conocida: Gabriel, el mono, vestido de vaquero de forma ridícula, sonreía como solo un simio es capaz de hacerlo.

Después, un fundido en negro. No recuerdo nada más.

Lugar: Dimensión intermedia, sueño lúcido de Alex Portillo.

Espacio temporal: 1 de noviembre de 1979.

Alex acompañó a su padre. No podía hacer otra cosa. Desde la muerte de su mujer, Luis Portillo cayó en una profunda depresión que se hacía cada vez más profunda. Temía que en cualquier momento pudiera empeorar. Aquel día se presentó gris. Llovía de forma liviana, pero no impidió que ambos, padre e hijo, llevaran un recuerdo a la tumba de la esposa y madre en forma de flores. Alex sin embargo no podía permanecer mucho tiempo observando el sufrimiento de su padre, el cual permanecía en silencio, sentado delante de la lápida, por lo que decidió dar una vuelta alrededor abstraído en unos extraños pensamientos que desde hacía semanas no podía desalojar de su cabeza. Se sentía fuera de lugar. De hecho, en ese momento le parecía percibir una especie de aviso, que le advertía de un peligro que no sabía muy bien como describir. Y entre las lápidas, tumbas y nichos, y próximo a la de su madre, un periódico que alguien dejó olvidado. Leyó algo de la muerte de un tal Tomás Iriarte, un crimen perpetrado hacía años. No le dio importancia y lo arrojó a la papelera. Como su padre tardaría un poco más, pensó que le daría tiempo a intentar ordenar sus reflexiones. Pero algo le turbó. Primero fue una ráfaga de aire; después un fuego azulado cayó del cielo iluminando el camposanto, dejando a la vez un olor a tierra mojada y tormenta. Y de repente, una figura con una extraña vestimenta apareció de la nada, y sin venir a cuento comenzó a disparar. Alex corría intentando refugiarse de las descargas procedentes del arma de aquel asombroso personaje. Y a pesar de estar a tiro y ser blanco fácil, le extrañó que no lo alcanzara ningún proyectil. Era como si no quisiera acertar o tuviera mala puntería, aunque en realidad era algo que poco le importaba, solo quería escapar. Cuando quiso darse cuenta, su enemigo había desaparecido.

XXXIII

CHICAGO, AÑOS 30

Lugar: Cuarta dimensión,

Estacio temporal: Chicago, 1930.

Le asesinaron, pero no fue Robert Ford porque ella era Ford, y no fue quién acabó con la vida de Jesse James, sino Fidel Castelo. Y junto a él, Gabriel, el mono. Todo era una auténtica locura. ¿Pero acaso no estaba loca ya de por sí al haberse implicado en aquella aventura?

Cuando recuperó el conocimiento, todo había cambiado de nuevo. Ya no estaba en la cabaña de Jesse, y lo peor, ¿o mejor?, no estaba en el salvaje oeste americano. A su alrededor los rascacielos la circundaban, los coches rugían con un ruido de motores antiguos, y la gente la miraba como a un bicho raro. Se dio cuenta de que seguía con la indumentaria propia de cowboy: cubre polvos, pantalones vaqueros, botas con espuelas, sombrero, y con el revólver en la mano, el mismo que estuvo a punto de vomitar la bala que hubiera acabado con la vida de Jess… de Alex. De pronto sintió la llamada de la naturaleza. Debía orinar con urgencia, para lo cual era necesario buscar un sitio apropiado. Por fortuna para su intimidad, junto a ella, un lúgubre callejón, dónde los cubos de basura se apilaban y varios gatos devoraban unas cuantas ratas, serviría de improvisada letrina. Aún no se había dado cuenta de su nueva situación. Así que cuando se quiso sacar su miembro viril, no lo encontró. En ese momento apreció que ya no era Robert Ford, volvía a ser Laura, y en vez de…eso, tenía aquello, más común y conocido para su sexo.

—¿Y ahora qué? —se preguntó, esperando que desde algún sitio le dieran una respuesta a su nueva situación. ¿Era un castigo por no haber sabido cumplir con lo mandado? ¿O acaso la irracionalidad de estos mundos y de estos sueños lúcidos hacía que viajara de un lugar a otro como uno de aquellos intérpretes del famoso *Túnel del tiempo*?

—¿Dónde coño estoy ahora? —gritó esperando que alguien respondiera.

No hubo respuesta. Estaba sola en aquel callejón maloliente, y más después de haber orinado, lo cual se unía al resto de las inmundicias existentes. Con cuidado de no pisar algún excremento, salió del lugar y se dirigió a otra calle más concurrida. Después de recorrer un par de manzanas y cuando estaba a punto de darse por vencida, alguien surgió sin aviso situándose ante ella. Era un hombre alto, vestido con elegancia: chaqueta gris, corbata con un perfecto nudo, camisa a juego, en cuyos puños relucían unos pasadores dorados, y un sombrero borsalino típico de los años treinta. En su boca, un cigarro puro se movía de un lado a otro como si formara parte de su anatomía. Aún así no pudo distinguir su rostro, el cual parecía ocultarse tras un halo de invisibilidad, cosa muy extraña pero que a Laura ya no le sorprendió dadas las circunstancias.

—¿Quién eres? —preguntó Laura al tiempo que se llevaba por instinto la mano a la pistola aún que colgaba de su cintura.

—¿May?

—¿Ese es mi nombre ahora? Supongo que así me llamaré, aunque ya no estoy segura de nada —Laura permanecía en alerta. No dejaba de pasar la mano por la culata de su revólver mientras agitaba sus dedos para evitar cualquier agarrotamiento repentino que la impidiera desenfundar.

—No hace falta que se ponga tan nerviosa, señora. He venido a buscarla. Alguien la espera y no podemos tardar más. Tiene una misión.

—Otra vez la dichosa misión —farfulló Laura—. ¿Cuándo terminaremos con esto?

—Todo depende de quién usted ya sabe. Debe cumplir lo pactado, y mientras no lo haga, el juego seguirá.

—¿Y ahora qué carajo debo hacer? ¿Es otra idea de Legazpi y de Magnus?

—¿Legazpi? ¿Magnus? No sé de quienes habla —respondió el hombre de gris.

—¿No los conoces? Entonces, ¿quién te manda?, ¿de qué misión me hablas?

—No sé qué me quiere decir, señora. Sabe muy bien a quién servimos, y en esta ciudad quién golpea primero saca ventaja. Ah, no le he dicho nada, pero esa indumentaria que lleva es muy poco aconsejable para pasar desapercibida. Debería sustituir ese atuendo.

—No. Prefiero quedarme como estoy, si te parece bien. No quiero más cambios, bastantes tengo ya con los que estoy experimentando —respondió Laura palpándose los pechos.

—Como quiera —dijo el hombre de gris mientras se giraba y le hacía una señal con la mano para que lo siguiera.

Un coche esperaba aparcado. Laura no entendía de marcas, pero le pareció toda una antigualla, no por el mal estado si no porque era uno de esos que llaman de «época».

—Bonito coche —dijo—. ¿Vamos a una fiesta de coches antiguos?

—¿Coches antiguos? Este es uno de los mejores y más modernos. Se trata de un Cadillac Town Sedan 341-A. Está blindado, y ni tan siquiera un ejército de sicarios sería capaz de dañarlo.

«¿Cadillac nuevo, blindado?», pensó Laura ante tamaño derroche en vehículo.

—Perdona, ¿en qué año estamos? —preguntó inquieta.

—Veo que algo le ha trastornado de verdad. ¿Hoy celebramos su cumpleaños y no se acuerda?

Laura miró al hombre de gris sin atreverse a preguntar, pero le pudo la curiosidad, lo cual se delataba en sus ojos.

—Sí, señora, hoy es 11 de abril de 1930.

En ese momento, desde la calle, unas voces se dejaron escuchar al paso del vehículo. A Laura le pareció que eran unas expresiones cariñosas, como de agradecimiento.

—¿A quién dirigen tantas alabanzas? —preguntó Laura.

—Ya sabe que su marido siempre está en la boca de todos, unos lo alaban, otros lo maldicen. Es lo que ocurre con los grandes hombres.

—¿Mi marido? —dijo Laura arqueando las cejas por la sorpresa.

—¿Ya se ha olvidado de él? Seguro que no le hará mucha gracia —contestó el hombre de gris mientras giraba el volante para cambiar de carril.

—¿De quién hablas? —dijo Laura esperando lo peor.

—¿Pues quién va a ser sino Alphonse Capone?

XXXIV

SEGUNDA OPORTUNIDAD

Lugar: Cuarta dimensión.

Espacio temporal: no cuantificado.

—¿Cómo diablos ha podido suceder? Todo parecía ir según lo previsto y ahora... —se lamentó Antonio Arias.

—Fidel Castelo ha metido sus narices en el asunto. Esto agrava la situación —respondió Legazpi.

—No. Lo más lamentable es la traición de Gabriel —confirmó Tomás Iriarte.

—Y ante la falta de alternativas... —dijo Juicio agachando la cabeza mientras se dirigía a Magnus.

—No todo está perdido. Siempre existe la posibilidad de repetir nuestra estrategia. De hecho, ahora mismo estamos en la misma situación. Laura cabrera tendrá otra posibilidad, y así hasta que se cumpla.

Magnus abrió su tercer ojo como si de una pantalla de cine se tratara, de forma que todos pudieron observar lo que acontecía en ese momento. Laura se encontraba en otro lugar distinto al que ya tuvieron ocasión de ver con anterioridad. Ya no se trataba del Lejano Oeste americano. No había rastro de Jesse James ni de vaqueros, aunque Laura permanecía con la indumentaria de cowgirl. En su lugar, el sitio parecía más actual.

—Maestro, ¿dónde está? —preguntó Legazpi.

—Es el año 30 del siglo XX, en un espacio distinto al anterior.

—¿Y continúa con la misma misión, quiero decir...? —insistió Antonio Arias sin atreverse a terminar la frase.

—Alex Portillo estará siempre en el recuerdo de Laura Cabrera mientras tenga que cumplir con su cometido. Cuando lo consiga, el verdadero Alex regresará a la realidad donde permanezca su cuerpo físico, y todos volveréis a vuestro mundo. Así se establecerá la armonía entre la tercera y la cuarta dimensión —Magnus no quiso ser más explícito. Bien sabía el devenir de los acontecimientos.

—¿Y sabrá Laura lo que tiene que hacer? —insistió Antonio Arias.

—Lo sabe. Es algo que procuré que se grabara en su consciencia. Cuando lo encuentre recordará su misión.

—¿Y quién es ahora Alex Portillo? —peguntó Iriarte.

—Observa —respondió Magnus.

La mansión de Alphonse estaba ubicada en pleno centro de Chicago. Para acceder al interior debían subir una pequeña escalinata que terminaba en una puerta decorada con una cristalera en la que se representaba una gran flor de lis rodeada de cinco tulipanes rosas. En realidad, nadie sabía lo que significaba aquel mosaico. Algunos pensaban que era un símbolo de ciertos aspectos oscuros en los que Alphonse estaba envuelto, relacionados con la masonería; y otros lo atribuían más al romanticismo de aquel hombre, a pesar de su carácter violento. Nadie podía olvidar los sucesos del 14 de febrero de 1929, el que llamaban San Valentín sangriento: cuatro matones enviados por Alphonse ejecutaron a siete miembros de una banda rival en un taller de Chicago. Todos culparon a Al Capone de ser el responsable de este sangriento crimen, aunque nadie pudo probarlo. Ya se había ocupado de planear una perfecta coartada para que no le imputaran tal acto: un viaje a Miami. Y ahora, sin rivales a quién temer y hacer frente, se dedicaba a cuidar de sus lucrativos negocios, y de su esposa May. Una vez en el interior, aquella mansión de tres plantas, a la que no le faltaba ningún detalle, se dividía a través de una gran escalera central en dos secciones. Laura fue conducida por el hombre de gris a través de la bifurcación de la derecha y comenzó a subir unos escalones alfombrados de rojo. Con la indumentaria de cowgirl en aquel escenario, se asemejaba más a la participante en un baile de disfraces de los que tanto gustaba a Alphonse y sus partidarios, acompañados de sus queridas y otras mujeres de mala vida. Desde la parte superior, un hombre corpulento la miró y no pudo contener una expresión de júbilo.

—¡Mi querida May, al fin has venido! ¿Pensabas que tus viajes por las regiones desérticas de Missouri te iban a separar de tu querido Alphonse?

De nuevo aquel nombre, May. Sin duda la confundían con otra persona. Aquel hombre que le hablaba, grueso y con poco pelo engominado, era Alex, más viejo, pero de voz inconfundible. Y supo que algo tenía que hacer. Desde lo más profundo de su corazón sintió un dolor inmenso ante la perspectiva de su misión. No pudo ejecutar a Jesse James, y ahora le tocaba el turno a otro tipo de igual calaña. ¿Por qué Alex Portillo era sinónimo de maleante en esta dimensión? Laura subió los escalones hasta quedar a la altura de Alphonse. Este la sujetó por la cintura y la besó en los labios, cosa que Laura no pudo evitar.

—¿Mis viajes por Missouri? —contestó sorprendida.

—No te hagas la inocente, querida. Tu traje te delata. ¿Te ha ido bien cabalgando y cazando coyotes? Ya le dije a Donato que tuviera cuidado de ti, y a fe mía que lo ha conseguido. Por tu aspecto veo que te has curtido como amazona —dijo Capone llevándose las manos de Laura a la boca y besándolas con ternura.

—Sí, claro, Donato... —«¿quién es Donato?», pensó—, he aprendido mucho, sobre todo en cómo usar un revólver —señaló Laura tocando el arma que portaba en la cintura y de la que no esperaba separarse por mucho tiempo.

—Eso está bien, querida, necesitas protegerte, aunque para eso están mis hombres. No me gusta que te puedas romper las uñas usando objetos tan peligrosos. Ahora si te parece bien, deberías tomar un baño y quitarte toda esa suciedad que llevas encima. No es bueno para una chica como tú lucir como una fulana. Mientras tanto voy a reunirme con los chicos. Si quieres esperarme en nuestro cuarto, yo no tardaré mucho. Tu cumpleaños merece una celebración íntima.

Uno de los hombres de Al Capone la acompañó hasta una de las habitaciones superiores. Laura se extrañó que alguien tuviera que ir con ella, pero pensó que, al tener tantos enemigos, velarían por su seguridad. Laura entró y cerró la puerta de inmediato. No estaba segura de cómo debería actuar en este momento. Cuando conoció a Jesse, ella no era Laura, sino Robert Ford. ¿Es que acaso debería ser complaciente de verdad con aquel hombre? No estaba dispuesta a caer en el juego amoroso de un criminal. Esperaba que, desde algún rincón, Magnus, Legazpi o el heraldo, se comunicaran para decirle cómo proceder en una situación tan imprevisible. El cuarto era muy amplio y bien amueblado: varios armarios repletos de vestidos de todo tipo, por supuesto de época. Otro más pequeño que contenía zapatos que, por casualidades de la vida, y aunque ya nada le sorprendía, eran de su número. Y para mayor admiración, una cajonera repleta de pulseras, collares y joyas diversas, las cuales parecían ser de mucho valor dado el tamaño y el brillo de las piedras engarzadas. La mujer a la que llamaban May, la esposa de Alphonse, tenía un buen «arsenal» como para sentirse feliz. Deliberó que mientras decidía cómo actuar, tampoco le vendría mal tomar un baño y quitarse la roña que se aferraba a su cuerpo desde hacía…no sabría decir cuantos días. El tiempo era indescifrable en esta dimensión. Entró en el lavabo y comenzó a desprenderse de la ropa hasta quedar desnuda. Se miró al espejo y vio que la imagen correspondía con la de Laura Cabrera, esta vez no había cambio de personalidad, aunque la llamaran May. Una confortable tina, con agua tibia y sales de baño la relajó de tal forma que estuvo a punto de dormirse. Pensó en Alex. ¿Qué sería del verdadero Alex, dónde se encontraba? Después salió para buscar algo de ropa interior y algo llamó su atención. En el suelo, junto a la puerta de entrada a la habitación, asomaba un papel en el que no había reparado antes. Era probable que alguien lo hubiera introducido cuando estaba en el cuarto de baño. Lo recogió, y sentada en la cama, aún desnuda, leyó su contenido:

Esta noche es el momento. Cuando Scarface intime contigo debes acabar con él. Tienes dos opciones: la vida de tu marido o la de tu hijo. Tú decides.

Laura, o May en esta realidad, no podía reaccionar. ¿Tenía un hijo con aquel tipo? La tesitura era complicada. No conocía a su hijo, pero imaginaba que sería un crío. Y a pesar de todo no tenía elección. ¿Era esa la misión que le comentó el hombre de gris? Recordaba sus palabras cuando la recogió a su salida de aquel mugriento callejón:

«Todo depende de quién ya sabe. Debe cumplir lo pactado, y mientras no lo haga, el juego seguirá».

«Entonces…ese hombre… ¿es alguien enviado por Magnus? Si es así deberá ponerse en contacto conmigo de nuevo» —discurrió.

XXXV

PROSIGUE EL JUEGO

Lugar: Cuarta dimensión.

Espacio temporal: no cuantificado.

Cuando Jesse James murió a manos de Fidel Castelo, Laura Cabrera desapareció de aquella realidad ficticia, lo cual no fue nada sorprendente según las leyes que rigen en la cuarta dimensión. Y aunque Castelo no parecía afectado por aquel posible contratiempo, Gabriel, el mono, creyó que sí podía afectar a su salida del mundo de los sueños lúcidos.

—Sabía que algo fallaría —gruñó.

—Esto es solo una batalla. La guerra aún no ha terminado. Te dije que confiaras en mí, y por Júpiter, que ganaremos al final. Y, además, su rastro no se ha perdido. Recuerda que en esta dimensión cualquier cosa que desees lo puedes conseguir.

—¿Sabes dónde se encuentra ahora? —preguntó Gabriel.

Fidel Castelo, todavía vestido con su traje de caballero, levantó la espada hacia lo alto. Su rostro parecía envuelto con una aureola de claridad azul. Los ojos permanecían cerrados apretando con fuerza los párpados. Al momento una sonrisa se dibujó en su boca y dejó escapar una sonora carcajada que sorprendió a Gabriel por su entonación, pues parecía salida de la cabeza de un loco.

—Intentan escapar, burlar nuestro rastreo psíquico. Pero no terminan de comprender que soy superior a ellos. Legazpi se equivocó conmigo. Creyó que yo era una simple comparsa en el juego de Magnus y su mundo. Y lo lamentarán.

—¿Eso significa que me concederás lo que te pedí a cambio de mi ayuda? —apuntó Gabriel temeroso por la respuesta que pudiera darle Fidel Castelo.

—Mi querido amigo mono, te concederé eso y más cuando consiga el poder sobre Filantropía. ¿Acaso dudas de mi palabra?

Gabriel quiso creer que aquello sería verdad, pero las palabras de aquel hombre, tan llenas de orgullo y vanagloria, les sonaron a falsas promesas. Pero ya no podía volver atrás. Había tomado una decisión y era una huida hacia adelante.

```
Lugar: Cuarta dimensión.
Espacio temporal: Chicago, 1930.
```

Laura se quedó dormida. Cuando abrió los ojos se dio cuenta que aún permanecía desnuda y decidió vestirse lo antes posible. No encontró su vestimenta de cowgirl. «Algo iba mal», pensó. Alguien había entrado en la habitación mientras dormía y se la había llevado, lo cual revelaba también que la habían visto desnuda y quién sabe que más cosas pudieron haber sucedido mientras estaba inconsciente. De pronto alguien llamó a la puerta de la habitación. Se levantó de la cama, buscó con urgencia algo que ponerse y se cubrió con una toalla de baño.

—¿Quién? —preguntó.

—Señora May, alguien la espera en el salón de reuniones —respondió una voz de mujer.

—Enseguida voy, tardo el tiempo de vestirme.

Al cabo de unos minutos, Laura, con un vestido de color verde muy ceñido, bajó hasta un salón donde se reunían cuatro hombres y una mujer con uniforme de sirvienta. No vio a Alphonse por lo que supuso que no estaba en la casa.

—Mi querida señora —dijo uno de los hombres que parecía el de más edad—, hemos aprovechado la ausencia de su marido para completar los preparativos. Imagino que ya le habrán comunicado el propósito y la forma de llevarlo a cabo.

—¿Se refiere a una nota que me dejaron por debajo de la puerta? —dijo Laura.

Ante aquella noticia, al parecer inesperada, todos se miraron. La sirvienta parecía mantenerse al margen, pero tampoco pasó desapercibido para Laura su gesto esquivo.

—¿Nota? —inquirió extrañado el que parecía el jefe de aquellos hombres—. No sé de qué me habla, May.

—¿No? Entonces, ¿qué significa esto?

Laura sacó el escrito y lo enseñó para que lo vieran los presentes.

El hombre de mayor edad lo leyó y lo pasó al resto. Todos se sorprendieron por el contenido.

—Esto no tiene nada que ver con lo previsto. Alguien ajeno a nosotros ha escrito este mensaje. ¿A ti que te parece, Bud? —dijo el hombre mayor a otro algo más joven, que portaba una gorra con una borla en la parte superior, y un gran bigote.

—Puede ser cosa de la banda de Morgan —dijo mientras observaba la nota con detenimiento.

Los otros dos hombres asintieron con la cabeza ante la sugerencia del tal Bud.

—Vale, de acuerdo. ¿Pero quienes son ustedes, a todo esto? Si les digo la verdad no los conozco de nada ni sé de qué hablan.

Los hombres se miraron extrañados, mientras la sirvienta permanecía callada, siempre al margen de todo lo que sucedía.

—Creo que su viaje por Missouri la puede haber afectado, lo cual es normal. El calor y las molestias del trayecto a veces producen un cansancio pasajero. Pero no se preocupe, todo pasará —dijo otro de los hombres, el que parecía más joven de los cuatro.

—No me han respondido. Y creo que tengo derecho a saber qué pasa aquí —volvió a responder Laura, la cual estaba a punto de perder los nervios.

—Bueno, dijo el hombre de más edad. Se lo explicaré, pero quiero que conste que todo esto es un tanto irregular. Usted ya firmó un pacto con el FBI y cualquier cosa que salga de aquí nos pone en peligro a todos.

Después de una larga disertación, Laura comprendió su misión y su papel en aquel engranaje.

—¿Y cómo es posible que mi…marido no se halla percatado que ustedes no son lo que parecen? —preguntó Laura.

—El servicio de inteligencia sabe lo que hace. Ahora mismo, ahí fuera, un grupo de agentes vigila por si Alphonse regresa con sus hombres de confianza. Por eso hemos aprovechado su ausencia para tener esta reunión. Ah, por cierto, no se preocupe por Adelina —dijo el hombre mayor mientras miraba a la sirvienta—, es de las nuestras. Se incorporó hace pocos días, y por casualidad viene también de Missouri, como usted.

Laura miró a la mujer la cual parecía querer ocultar su rostro. «Quizás es un poco retraída», pensó. A los pocos minutos, los hombres se marcharon, y Laura quedó a solas con la sirvienta.

—Sí, es coincidencia que tú vinieras también de Missouri, como yo. ¿No, Adelina?

—Sí, señora May. Se habrá dado cuenta que saqué su ropa vaquera de la habitación. La puse a lavar. Y, por cierto, la vi desnuda. Es usted una mujer imponente —respondió Adelina.

Laura no supo qué decir. Prefería no opinar nada, ni contestar. Al fin y al cabo, ¿no era una mujer?

Adelina se alejó, y mientras iba a la cocina farfulló entre dientes:

—Amo, todo sigue según lo previsto.

Alguien le respondió, y sonrió complacida.

XXXVI

ALPHONSE

Lugar: Cuarta dimensión.

Espacio temporal: Chicago, 1930.

La reunión duró más de cinco horas. Asistieron los principales representantes del Sindicato. Italianos y judíos formaban la base de aquel grupo del crimen organizado. Este fue fundado por Johny Torrio. Murder, Inc, era el brazo ejecutor tal como lo denominó la prensa, y en estos momentos Alphonse era su jefe principal. El lujoso coche aparcó delante de la puerta de su domicilio. Varios hombres vestidos de gris se adelantaron para abrir la pueta del vehículo, del que salió Capone de no muy buen humor.

—Estoy hasta los huevos de las exigencias de ese mal nacido de Anastasia. Quiere toda la coordinación de la Costa Este para él, lo cual es inaceptable. Y qué decir de ese judío de Brownsville. Mucho lenguaje cabalístico, mucha prosa sobre las escrituras, pero quiere el mando del negocio en la zona de Bugsy Siegel. No se dan cuenta que traerán la disolución de la organización. Infames y asquerosos, eso es lo que son. Yo soy muy sensible y perdono los errores no intencionados, pero no soy tonto, y el que deba pagar me tendrá siempre enfrente.

—Sí señor —contestó uno de los hombres que le acompañaban en ese momento—. Señor, si me permite decirle, su mujer lo espera para cenar.

—Ah, mi querida May. Siempre tan condescendiente con mi persona. Pero juro que hoy cumpliré.

Cuando Alphonse entró en la casa, varios de los hombres con los que Laura se reunió la tarde anterior se disponían a salir. Se saludaron, y un par de ellos permanecieron vigilando la entrada. El que era más mayor, le dijo algo a uno de los que permanecieron apostados vigilando, el cual asintió con la cabeza. Mientras, en el interior, Laura, May para Alphonse, estaba sentada delante de la mesa del comedor esperando que su marido hiciera lo mismo. La sirvienta Adeline trajo diferentes bandejas. Laura pudo observar que la forma de andar de la mujer era un poco especial. Se movía de forma algo grosera, como si tuviera algún impedimento que la impidiera mantenerse erguida.

—¿Qué tal el día, querido? —dijo Laura. Quería parecer interesada por los negocios de su esposo. Se había vestido de forma informal para una mujer de aquella época, lo cual no dejó de sorprender a Capone dadas las aficiones de su mujer.

—Bah, no es bueno hablar de estas cosas mientras degustamos una buena comida. Lo mejor es que pensemos en lo que haremos cuando termine la temporada. Verás, pensaba que la casa de Miami sería el mejor lugar para pasar las vacaciones este año. Sí, ya sé que a ti el sol no te sienta bien, pero he conseguido que nos instalen una hermosa piscina, con lo que no hará falta que bajes a la playa.

—Tienes razón, no me sienta bien el sol —respondió Laura, que no dejaba de mirar el rostro de Alphonse. Su parecido con Alex era asombroso, si no fuera por las cicatrices en una de las mejillas y la redondez de su cuerpo—. ¿Sabes una cosa? Adeline también ha venido de Missouri, es la doncella nueva —dijo señalando a la sirvienta, la cual en ese momento servía agua en unos de los vasos de Alphonse.

Capone la miró y no pudo reprimir una mueca de desagrado.

—¿Tú eres la nueva sirvienta? ¡Si pareces un mono! —dijo mientras reía, de forma que Adeline no pudo evitar verter parte del contenido de la jarra encima de Capone.

—¡Por todos los diablos!, gritó Alphonse, eres una inútil —dijo levantándose de la mesa con los pantalones mojados.

—Perdone señor —replicó la sirvienta con la mirada baja—, ha sido un error lamentable.

Laura se levantó al mismo tiempo y no pudo evitar mirar en los ojos de Adeline. Le pareció ver algo extraño en ellos, como si desde su interior otro ser estuviera mirando a su través. La sirvienta se volvió a la cocina, y Laura la siguió con la excusa de ayudarla.

—Adeline, por cierto, ¿dónde guardaste mi ropa de cowgirl?

—Está en el cuarto de lavandería, señora. ¿Quiere que se la lleve a la habitación?

—No, ya la recogeré más tarde. Y no hagas caso a lo que te ha dicho mi marido,

es un poco bromista y hoy viene cansado —dijo Laura queriendo disimular su interés—. Por cierto, Adeline, ¿no te he visto antes? Me refiero a que hoy llegaste al igual que yo de Missouri, pero tu rostro, perdona y no te ofendas, es un poco extraño, y me parece familiar.

—Señora, no se preocupe. Estoy acostumbrada a los desplantes. En cuanto a conocernos, no creo, señora. Será el destino que nos ha unido ahora.

Después de terminar la cena, y mientras Alphonse subió a su habitación, Laura fue al cuarto que le indicó la sirvienta. Era necesario conseguir su pistola. No disponía de ninguna otra arma. Una vez allí, vio que su indumentaria permanecía aún sin lavar, lo que no encajaba con lo que le dijo Adeline, y no había rastro del revólver. ¿Dónde lo habría metido? Ella no debería tener autorización para apropiarse de ese tipo de artilugios. Estuvo buscando de forma infructuosa y terminó por desistir. Cuando lo daba todo por imposible y salía del cuarto, se topó de cara con la sirvienta.

—Ah, señora, perdone, no sabía que estaba usted aquí.

—Estaba buscando algo. ¿Sabes dónde está mi Colt? Ya sabes, el que portaba con mi indumentaria.

—No señora, no lo he visto. No lo tenía encima cuando la recogí de su dormitorio.

Las palabras de Adeline sonaban a falsas. Laura percibió que le ocultaba algo.

—¿Por qué mientes, Adeline?, ¿qué ocultas?

—No…no miento —dijo la sirvienta con la voz balbuceante.

—Dime la verdad, ¿quién eres?, responde o te machaco ahora mismo —contestó Laura indignada mientras sujetaba a Adeline por el cuello.

—No, por favor, no me hagas daño —gruñó la sirvienta con un tono de súplica.

Laura se dio cuenta al instante. Aquella mujer no era una mujer, no era Adeline.

Se trataba de Gabriel.

Un mono lleno de miedo y acomplejado.

XXXVII

GABRIEL CONFIESA

Lugar: Cuarta dimensión.

Espacio temporal: Chicago, 1930.

—Pero ¿qué significa esto? —preguntó Laura sorprendida por la presencia de aquel simio humanizado.

—No sé si debo contar nada, él me lo tiene prohibido.

—¿Él?, ¿quién es él? —dijo Laura cada vez más intrigada por todo aquello.

Gabriel tomó a Laura del brazo y se apartó hacia uno de los rincones de la habitación. Pensaba que si se escondían nadie podría oírlos, ni siquiera el supuesto ejecutor de aquella farsa.

—Se trata de Fidel Castelo. Él me envió. Debía vigilarte y hacer fracasar tu misión.

—Pero ¿cómo lo ibas a hacer? Además, ya no sé ni cual es mi misión ni lo que tengo que realizar. Estoy hecha un lío —respondió Laura llevándose las manos al rostro en señal de aturdimiento.

—Yo escuché que tienes que matar a los distintos Alex que te encuentres en el camino. No conozco la razón. Mi amo me mandó impedirlo. Ya lo hicimos cuando estuviste en el Lejano Oeste. Fue Castelo quién mató a Jesse James. En ese momento tu misión fracasó.

Mientras Laura escuchaba le sobrevino una visión. Se veía a sí misma. Corría detrás de Alex en lo que parecía un extraño lugar. Pero ¿qué significaba aquello?

Gabriel prosiguió:

—Cuando vimos que tu viaje continuaba, comprendimos que debíamos impedir que llegaras a término con ella. No sé por qué, no puedo explicarlo. Solo mi amo lo sabe. Me hizo pasar por la sirvienta de tu…marido. Yo llegué al mismo tiempo que tú, por eso dije que venía de Missouri, y los hombres del FBI me aceptaron como parte del grupo.

—¿Y la nota que me pasaron por debajo de la puerta?, ¿de quién es?

—No lo sé. Ya observaste que en la reunión con los policías nadie tenía constancia de esta. Aunque bien podría ser algo de Fidel Castelo.

—¿Y qué gana Santi…Fidel Castelo con todo esto? No llego a entenderlo.

—Quiere dominar Filantropía —respondió Gabriel con un gruñido.

—Pero ¿cómo va a ser eso? Es el reino de Magnus, no tiene poder para hacerlo —dijo Laura con una leve sonrisa.

—Yo no me fiaría mucho de él. Creo que es más poderoso de lo que aparenta —balbuceó Gabriel intentando no levantar la voz. Era indudable que el miedo lo atenazaba.

—De acuerdo. ¿Y tú que piensas que debo hacer ahora? ¿Sigo con el plan? —preguntó Laura mirando a los ojos del simio, el cual procuraba apartar su mirada de la de la muchacha.

—Sí, continúa. Yo te ayudaré —respondió Gabriel girando su cuerpo. Laura no se percató que sus ojos resplandecieron al tiempo que pronunciaba aquellas palabras, como si la respuesta hubiera provenido de otro lugar.

—Entonces debes devolverme mi revólver. Me hará falta.

Gabriel se dirigió a un armario empotrado. Sacó una llave del bolsillo y lo abrió. En su interior estaba la pistola y la cartuchera. Las tomó con cuidado y las depositó en la mano de Laura. Esta las guardó bajo su falda, procurando que no se notara.

—Ahora, debes lavar mi vestido de cowgirl. No pensarás que voy a matar a Alphonse desnuda, ¿verdad?

Gabriel, el mono, sonrió bajo aquella apariencia de sirvienta, y se dirigió al lavadero. No debía cometer ningún error.

Todo salió tal como su amo preveía.

XXXVIII

ALEX

Lugar: Dimensión intermedia.

Espacio temporal: octubre de 1974.

Víctor Falcón se desprendió de la mochila donde portaba varios libros sobre esoterismo y misterios orientales. Alex Portillo le había pedido que, dada su amistad con el bibliotecario de la Facultad de Psicología, le hiciera el favor de buscar algunos textos que trataran sobre hipnosis y otras cosas relacionadas con los misterios de la percepción extrasensorial.

—¿Aún sigues con tus sueños irreales? —dijo Víctor resoplando mientras dejaba el pesado cargamento.

—Y cada vez más. Tengo la sensación de que algo o alguien intenta ponerse en contacto conmigo. ¿Nunca has tenido la extraña sensación de que tú no eres tú, o sea, que eres otro?

Falcón miró a su amigo con cara de circunstancias.

—Te digo una cosa mi querido Alex. Si alguna vez descubres que eres ese otro, por lo menos tenme en cuenta en tus recuerdos, no vaya a ser que seas millonario. ¿Te imaginas? la noticia: *Alex Portillo regresa de otro mundo y resulta ser heredero de una gran fortuna* —dijo con gestos grandilocuentes.

—No es broma. En mi cabeza veo una imagen con frecuencia. Una chica, pelirroja, guapa… y lo mejor de todo, está enamorada de mí. Pero…

—¿Qué, te la pega con otro, ¿verdad? —contestó Falcón.

—No, no es eso. Yo diría que es peor: quiere acabar con mi vida.

—Algo le habrás hecho, cabrón.

—En serio, a veces pienso que me estoy volviendo loco, pero suena tan real…Por eso tenemos que investigar, averiguar cómo llegar a lo más profundo de la inteligencia, explorar los sueños inalcanzables.

—De acuerdo, pero te hará falta la ayuda de alguien, y el tal Legazpi no aparece desde hace tiempo.

—Hay otro.

—¿Otro? —dijo Falcón extrañado.

—Sí. Conocí a uno que se llama Santi. Dice conocer a Legazpi y sabe también de estas cosas.

—La verdad es que te rodeas de la gente más rara del mundo. Bueno, ¿y qué vas a hacer?

—Contactaré con él. Me dijo que, si lo necesitaba, lo llamara —respondió Alex convencido.

Al día siguiente, Alex acudió a la Facultad. Su intención era tratar con el tal Santi, y preguntarle sobre sus métodos. Se había decidido del todo a que alguien pudiera dar una explicación a sus trastornos de personalidad. Después de varias clases y paseos por los pasillos del recinto, no hubo manera de encontrar al mencionado Santi, por lo que pensó que quizás no hubiera acudido aquel día a la Universidad. En ese momento recordó que aquel tipo le había dado una nota en la que le indicaba la dirección de la consulta en la que realizaba sus «viajes espectrales» o como narices llamara a esos experimentos. Miró en el interior de su cartera pensando que quizás la hubiera guardado allí, pero no la encontró. «¿Dónde podía estar?», pensó. Lo más probable es que la hubiera dejado en casa, dedujo. Más tarde, Falcón se reunió con él en la cafetería.

—Te estaba buscando por todas partes —dijo.

—¿Qué ocurre? No me digas que has visto al Santi. Yo no he tenido forma de encontrarlo por ninguna parte

—No, que va, no es eso. No sé si es peor —resopló Falcón—. La policía está por aquí buscándolo.

—¿Qué me dices? ¿Y por qué?

—Ni idea. Un tal Laguna, un inspector, ha estado toda la mañana preguntando a la gente si lo conocía. Nadie sabía de su paradero.

—¿Te preguntó a ti? —inquirió Alex arqueando las cejas.

—No, pero, agárrate, resulta que lo tienen fichado por algún extraño motivo. Según me comentan algunos, ha hecho cosas muy raras, ya sabes, lo de esos viajes o como quieran llamarlos, y el inspector está investigando posibles desapariciones de gente.

—¿Desapariciones? —respondió Alex con gesto de preocupación mientras entornaba los ojos buscando alguna explicación.

En ese momento, se escuchó un revuelo en el exterior. Alguien gritó y pidió ayuda. Todos los que se encontraban en ese momento en el interior de la cafetería se levantaron y acudieron al lugar de donde procedían los chillidos. Cuando Alex y Falcón se aproximaron, vieron a una chica tumbada en el suelo mientras algunos compañeros intentaban reanimarla. La muchacha parecía estar bajo los efectos de alguna sustancia alucinógena, la dilatación de sus pupilas y el babeo que emanaba de su boca denotaban que había ingerido alguna sustancia prohibida. Junto a ella un hombre joven, pero algo mayor que los presentes parecía estar intentando calmarla sin conseguirlo. Era fornido tirando a grueso. Un bigote que parecía de otra época le cruzaba el rostro desde debajo de la nariz hasta llegar a las orejas en ambos lados. Pero lo que llamó la atención de Alex fueron las palabras que salían de la boca de la muchacha:

—No quiero regresar, déjame en paz Castelo. Por Dios, que alguien se apiade de mí y de los demás.

Todos se miraron sin saber qué es lo que quería decir. Cuando se calmó y se la llevaron, solo quedó el hombre del bigote, el cual sacó del bolsillo de su abrigo una cachimba, introdujo tabaco y la encendió, inundando de humo y de un olor aromático todo el recinto. Alex lo miró y supo que aquel rostro le era conocido.

—¿Inspector Laguna? —preguntó con temor y duda.

—El mismo que viste y fuma en pipa —respondió el policía—. ¿Te conozco?

—Es posible. ¿Podemos hablar?

—Soy todo oídos, pero si te parece podemos ir a un lugar en el que estemos más tranquilos, si no te importa.

Alex pensó que estaba en el buen camino. Falcón miró con sorpresa como se alejaban y temió por la integridad de su amigo. «¿En qué lío se iba a meter ahora?», pensó.

XXXIX

HALLAZGO SINIESTRO

Lugar: Dimensión intermedia.

Espacio temporal: octubre de 1974.

Martín Laguna escuchó a Alex Portillo y no salía de su asombro. Todo aquello de la creencia en un mundo distinto al conocido, de no ser de aquí ni de allá, le parecían disparates, y no porque no creyera en teorías y casos paranormales, sino porque no entendía que todo aquello pudiera ser realidad. En sus pocos años al frente de la unidad de investigación que le habían asignado no se había encontrado con ningún caso como el que tenía delante de sus narices, y dudaba que todo aquello fuera cierto.

—Si no me cree, ¿qué está investigando entonces? —soltó Alex, enfurecido por la desconfianza del inspector.

—Mira, querido amigo, las cosas no son tan fáciles de aceptar. Primero hay que tener pruebas concluyentes y después se actúa si es necesario. De acuerdo, estamos investigando la actividad de ese supuesto «gurú» de lo que sea esta secta de anormales, pero hay que tener indicios claros y solventes.

—¿Entonces, iremos a la dirección que le he indicado? Al parecer es dónde realizan sus «viajes lúcidos».

Laguna no terminaba de acostumbrarse a tanta palabra extraña. Temía entrar en esa fase de locura colectiva de la que todos formaban parte. Esa tarde, Alex y Laguna se desplazaron al domicilio en el que debería vivir el tan buscado por todos, Santi. Tenía muchas cosas que preguntarle: qué clase de actividad era la que realizaba, a quién había captado para sus experiencias místicas, y sobre todo que tenía que ver él con el otro hombre al que llamaban Castelo. El lugar estaba situado en la dirección que reflejaba la tarjeta que poseía Alex. Era un piso bien situado en la capital, cerca de la Castellana, del estadio Bernabéu y del Palacio de Congresos. Después de llamar repetidas veces y que nadie contestara, Alex dudó y llegó a pensar que, o bien se habían equivocado, o el tal Santi no estaba, lo cual no era extraño dada su ausencia desde hacía tiempo por la Facultad.

—¿Y qué hacemos ahora? —preguntó Alex con gesto de frustración.

—Entrar, ¿qué quieres que hagamos? —respondió Laguna mientras sacaba del bolsillo de su abrigo un manojo de llaves.

—Oiga, ¿está seguro que lo que va a hacer es legal? —preguntó Alex sorprendido ante lo que pretendía el inspector.

—Me importa un carajo si es legal o no. Lo que hay que hacer se hace sí o sí —Laguna se quedó pensativo por un instante. Aquella frase que acaba de decir, ¿era suya o se la había escuchado a alguien? Sentía que en algún momento había actuado y hablado de forma parecida, pero no recordaba dónde.

Después de varios intentos, Laguna dio con la llave adecuada. Era un procedimiento que siempre daba resultado. Llevar un manojo de llaves maestras era un poco pesado pero útil. Cuando entraron, el piso estaba en completa oscuridad. Alex accionó uno de los interruptores, pero la luz no encendió. Laguna sacó de su bolsillo una linterna y comenzó a iluminar todo el interior. No vieron ninguna ventana que les proporcionaran algo de claridad, así que decidieron seguir en tinieblas. En silencio, Alex permanecía detrás del inspector, sin atreverse a decir palabra alguna. Bordearon varias habitaciones las cuales no presentaban nada extraño: papeles esparcidos por el suelo, vasos de plástico con restos de bebida, así como ceniceros que todavía permanecían sin haber sido limpiados, lo que hacía que el olor a tabaco seco y agrio proporcionara un olor desagradable al ambiente. Siguieron hacia el fondo de un pasillo que desembocaba en un acceso que permanecía cerrado, lo cual desentonaba con el resto, ya que todas las demás puertas estaban abiertas. A medida que se acercaban notaron que el olor iba cambiando. Ya no era el de tabaco descompuesto, sino que se hacía más suave, un olor a pachulí que aliviaba en parte los aromas percibidos hasta ese momento. Laguna empujó la puerta la cual se abrió sin problemas, dejando escapar una luz arqueada y policroma que procedía de unas velas de colores diseminadas en un orden perfecto a lo largo y ancho de una amplia habitación. Era un gran salón. Grandes macetas con flores aromáticas rodeaban lo que parecían cinco urnas cubiertas con una visera de cristal. Según comentó el inspector, todas estaban orientadas hacia el norte. Laguna se aproximó despacio, intentando no interferir en la aparente paz que se respiraba en aquel recinto. Temía que cualquier movimiento brusco pudiera despertar algo a lo que no sabrían cómo responder. Alex permaneció rezagado en una esquina sin atreverse a mover un solo dedo, mientras Laguna comenzaba a asomarse a las cajas para ver el contenido. Con la linterna iluminó lo que parecía una abertura, el temor por encontrar algo sobrenatural le hacía sentir un hormigueo interior bastante desagradable, pero una vez que habían llegado allí, ya no podía dar marcha atrás. Cuando se aproximó a la primera de las cajas no pudo evitar un sobresalto.

—¡Por todos los diablos! —gritó—. Esto es el demonio en persona.

Alex, desde la distancia no distinguía la causa de aquel temor, por lo que se acercó al lugar donde el inspector había hecho el descubrimiento.

—¿Qué ocurre? ¿Qué hay?

Cuando Alex observó el interior de la caja y vio el contenido, se alarmó de igual modo que el inspector.

—¿Un mono? ¿Qué significa esto?

Mientras, Laguna seguía investigando el interior del resto de las cajas. En cada una de ellas, alguien parecía dormitar en el interior, todos situados en posición cúbito dorsal.

—No conozco a ninguna de estas personas. Serán unos pobres desgraciados que se prestaron a ser víctimas de este prestidigitador de la conciencia ajena —dijo el inspector mientras se atusaba el bigote—. Mira esta pobre muchacha. ¿Quién podrá ser?

Alex se acercó a mirar el interior de la urna. En ella, una joven pelirroja permanecía dormida, aunque su rostro presentaba un aspecto mortecino. Cuando la miró, algo en el cerebro de Alex pareció «cortocircuitar», como si un extraño recuerdo cruzara por su cabeza. Ante aquella visión quedó trastornado, de tal forma que Laguna vio como su joven compañero parecía como hipnotizado.

—¿Qué ocurre? ¿No te encuentras bien?

—Sí, perdone inspector, pero la cara de esta mujer…

—¿La conoces de algo? —preguntó Laguna esperando una respuesta afirmativa.

—La he visto en algún lugar, no sé dónde, pero algo en ella me resulta familiar.

Siguieron analizando el interior de las otras urnas. En una de ellas había un hombre a quién Alex no supo identificar. Pero en la siguiente encontraron lo que buscaban.

—Es él —dijo Alex eufórico—, es Santi.

—Bien, es interesante. Esto parece el castillo de Drácula —respondió Laguna—. El vampiro rodeado de sus víctimas, que en cualquier momento pueden salir a chuparnos la sangre. Y yo que no creía poder encontrarme con casos así. Pero mira, allí hay otra caja, vamos a mirar —susurró Laguna señalando la que parecía situada en la última fila.

Alex se acercó. Estaba arrinconada en una de las esquinas del amplio salón. Alrededor, más flores, y unos incensarios que todavía dejaban escapar el aroma de lo que aún se quemaba en el interior. Alex no se imaginaba lo que iba a encontrar. Cuando miró dentro de aquella especie de féretro, el rostro de Alex palideció. No escuchó la voz de Laguna, estaba tan absorto en lo que veía que no atendió a las palabras del inspector. Este se aproximó para ver si el muchacho se encontraba bien dado el silencio y su extraña actitud. Cuando vio el contenido de la caja lo entendió. Porque en el interior de aquel sarcófago se encontraba lo que iba a constituir el punto crítico de toda aquella locura.

Alex y Martín Laguna se encontraban delante del cuerpo de otro Alex Portillo.

XL

MATAR A UN GANGSTER

Lugar: Cuarta dimensión.

Espacio temporal: Chicago, 1930.

Alphonse esperaba a Laura desde hacía un buen rato. La cama era amplia y preparada para una noche especial. En una mesita contigua, dos copas y una botella de champan francés en una cubitera con hielo que, a pesar de las prohibiciones existentes, Capone se había cuidado de que no faltara para celebrar aquella ocasión. No siempre se cumplen años, y aquel día Alphonse tenía que celebrarlo de alguna manera: alcohol y sexo. Era el mejor regalo para satisfacer a su joven esposa. Además, también celebrarían su ascensión como máximo mandatario en la lucha contra la *Ley seca*. Cuando Laura entró no esperaba encontrarse a su amante en aquella actitud. Él la observó y no le dijo nada, solo la siguió con una mirada lasciva. Esperaba que se quitara el extraño vestido de *cowgirl* y comenzaran los juegos amorosos. Laura no tenía claro cómo actuar, y al igual que Jesse James, el rostro de Alex en aquel cuerpo que no era el suyo, la incitaba a dejarse arrastrar por la pasión, pero tenía claro que su misión era acabar con la vida de aquel tipo. No debía pensar ni distraerse en cosas ajenas a su verdadero fin. Pero era tan fácil caer... ¿Cómo iba a ser capaz de resistir? Podía retrasar el momento, disfrutar del hombre que aparentaba ser al mismo tiempo Alex. Y decidió. Con la vista puesta en Alphonse, comenzó a desnudarse. El rostro de su amante se iluminaba satisfecho con la lozanía del joven cuerpo de su mujer. Laura permaneció de pie. Esperaba la reacción de Alphonse. Este se levantó. También estaba desnudo. A pesar de que su cuerpo no era el de un hombre joven, no le importó ni el exceso de peso ni su calvicie. Solo se fijaba en el rostro, sabía que no era el verdadero Alex, sino la versión estrafalaria y atemporal. Se dejó llevar. Ambos fundieron sus cuerpos como solo dos amantes enloquecidos podrían hacerlo. Laura nunca había tenido ningún tipo de relación, aquel momento supuso la pérdida de su virginidad, pero no le importó. Las sensaciones fueron tan emotivas que no se arrepentía, y aunque fuera con otra de las versiones de Alex, no sintió pesadumbre ante una posible infidelidad. Y ahora, Laura decidió que llegó la hora de ejecutarlo. Se iba a comportar como una viuda negra, o un escorpión hembra, que tras aparearse con el macho lo devora.

—Dios mío, ¿cómo puedo hacer esto sin ver en el rostro de Alphonse al verdadero Alex? —musitó.

—¿Te ocurre algo querida? —dijo su amante por el asomo de preocupación en el semblante de Laura.

Todavía desnuda, se aproximó a una cómoda en dónde había dejado sus pertenencias. Abrió el bolso y tomó el revólver. De espaldas a Alphonse, se aseguró que tuviera munición. A continuación, se tornó y apuntó con el arma a Capone.

—Lo siento querido, no es nada personal, pero nos jugamos mucho en esto.

Alphonse, sorprendido, creyó que se trataba de una broma. No le quitaba ojo mientras esbozaba una sonrisa.

—Anda, ven aquí y vuelve a mis brazos. Todavía tenemos que brindar, y después podemos continuar amándonos —respondió Capone con voz grave, que denotaba un creciente nerviosismo.

—Alphonse —continuó Laura—, yo no soy la que crees que soy, no me llamo May, me llamo Laura Cabrera, y tú eres Alex Portillo, o al menos eso es lo que significas para mí. Y si hemos follado ha sido porque representas a la persona que quiero. Tú eres un asesino a quién desprecio. Adiós, amor mío, hasta la vista.

En ese momento, sonó un disparo. Alphonse, que se había incorporado del lecho, cayó al suelo. Un agujero asomaba en su frente, de donde la sangre manaba de forma abundante manchando la blanca alfombra que se encontraba a los pies de la cama. Pero al igual que la otra vez, Laura observó que su pistola estaba fría. ¿Cómo era posible? Se repetía la misma historia que con Jesse James. Y entonces comprendió. Detrás de ella estaba el hombre de gris, el que la recogió en el callejón, el que la informó de su misión. Sí, era él, era Fidel Castelo. Y junto a él, con una mueca grotesca en su boca, estaba Gabriel, el mono. De nuevo se adelantaron y la impidieron cumplir con su propósito.

«¿Y ahora qué?» —pensó.

Todavía desnuda, entró de nuevo en una especie de vacío y tuvo miedo por saber cuál sería la próxima etapa de aquel insólito viaje.

Lugar: dimensión intermedia, sueño lúcido de Alex Portillo.
Espacio temporal: 1 de noviembre de 1980.

Otro año más de recordatorio de la muerte de mamá. Mi padre como siempre se queda entre los nichos y las lápidas del cementerio sumido en sus pensamientos, que cada vez están más descompensados con la realidad. ¿Volverá a ocurrir lo mismo del año pasado? No quiero ni pensar que se produzca. Sería algo de locos y yo no lo estoy. Pero qué caray, quiero comprobarlo. Por cierto...ese periódico. Sí, es el mismo del año pasado. ¡Otra vez! ¿Significa acaso que...? Ahora sí que debo cerciorarme. Si se vuelve al producir el mismo hecho, entonces... ¿Entonces qué, Alex? ¿Llamarás a la policía? ¿Y qué te van a decir? Lo mismo del año pasado, ya sabes: «no tienes pruebas, dónde está el revólver que te disparó, y quién era ese tipo surgido de la nada». Y lo peor, se reirán de ti, te tomarán por un chiflado. Aun así, debo ir.

Primero fue una ráfaga de aire; después un fuego azulado cayó del cielo iluminando el camposanto, dejando a la vez un olor a tierra mojada y tormenta. Y de repente, una figura con una extraña vestimenta apareció de la nada, y sin venir a cuento comenzó a disparar. Alex corría intentando refugiarse de las descargas procedentes del arma de aquel absurdo individuo. Y a pesar de estar a tiro y ser blanco fácil, le extrañó que no le alcanzara ningún proyectil. Era como si no quisiera acertar o tuviera mala puntería, aunque en realidad era algo que poco le importaba, solo quería escapar. Cuando quiso darse cuenta, su enemigo había desaparecido.

Otra vez la misma historia. Luego no fue un sueño. Y ya van dos.

XLI

CAMBIO DE TÁCTICA

Lugar: Cuarta dimensión.

Espacio temporal: Chicago, 1930.

El cuerpo de Alphonse quedó tendido en la habitación en medio de un charco de sangre. Junto a su cuerpo, Fidel Castelo y Gabriel lo miraban mientras Laura desaparecía disolviéndose en un halo de irrealidad.

—Amo, vuelve a suceder.

—En efecto, pero es consecuencia de haber desbaratado su plan. Ahora tienen que recomenzar. Estaremos atentos. Ya sabes que podemos movernos con facilidad en los bucles temporales. Solo basta con pensarlo y decidir dónde queremos ir.

—Pero yo ahora soy un proscrito para Magnus y no podré volver a Filantropía —replicó Gabriel.

—¿Y para qué quieres volver? Ya te dije que te daría lo que quisieras siempre que cumplas mis órdenes. Cuando llegue al poder serás recompensado. Dejemos que este mundo se quede con su propia historia, irrelevante para nuestros propósitos.

```
Lugar: Cuarta dimensión.
Espacio temporal: no cuantificado.
```

Laura Cabrera reapareció en el reino de Filantropía. Despertó en una zona aislada, lejos del todo lugar habitado. Se percató que seguía desnuda, así que, como no iba a ir enseñando sus encantos a todo el mundo, decidió volver a recuperar el que pensaba era su mejor y más representativo «uniforme», y de nuevo rescató el vestido de *cowgirl*. En el horizonte divisó las cúpulas del reino fantástico, y para no ser menos que los demás, decidió volar. No en vano en los sueños lúcidos, el pensamiento le permitía realizar cualquier cosa que se la antojase.

Cuando llegó ante el salón del trono, Magnus la esperaba junto con el resto de los compañeros.

—Lamento haber fallado de nuevo —dijo Laura con gesto de resignación.

—Es cierto que nuestro plan no termina de cumplirse. No podemos evitar que Fidel Castelo se entrometa una y otra vez —respondió Magnus desde su poltrona. Su tercer ojo giraba como si quisiera encontrar una solución en algún recóndito lugar del universo, aunque no denotaba mucha preocupación, cosa que no percibieron el resto de los presentes.

—Y Gabriel... ese maldito mono nos ha traicionado —espetó Antonio Arias agitando el puño como si quisiera golpear a quién no tenía ante él.

—No debemos dejarnos llevar por la ira y seamos consecuentes. No podemos liquidar a las variantes «alexianas» de los otros mundos alternativos mientras Castelo ande suelto. Es imposible hacerle frente. Su capacidad es similar a la nuestra y puede presentarse dónde quiera y cuando quiera.

—Hasta ahora hemos intentado deshacernos de los otros, que no son el verdadero Alex. Así que ¿no podríamos actuar contra el Alex que no recuerda quién es? A fin de cuentas, es otro más, pero no está en un mundo tan alejado —intervino Legazpi con aire reflexivo.

Todos lo miraron.

—Podría ser una buena idea, pero Castelo... —respondió Laura.

—¡Como si no lo conociera! —exclamó Legazpi—, estoy seguro de que ahora estará pendiente de dónde te mandaremos, pero lo que no sabrá es que volverás lo más cerca posible de la vida de la tercera dimensión, ahí no te alcanzará. Es el lugar intermedio, entre esta cuarta dimensión y vuestro presente real. Sin embargo...

—¿Qué ocurre? —inquirió Antonio Arias.

—En ese lugar, tan cercano y alejado a la vez, es posible que Castelo haya guardado vuestros cuerpos. Si llegara a enterarse de esta alternativa en nuestros planes y decidiera actuar podría ser fatal.

—Entonces, ¿qué sugieres? —dijo Antonio Arias cansado ya de tantos inconvenientes.

—Actuar con presteza —dijo Magnus con un gesto autoritario mientras giñaba su tercer ojo a Laura.

—Juicio —dijo Legazpi—, ¿te importaría...?

Todos miraron sin saber a qué se refería con aquella proposición al heraldo de Magnus, pero no dudaron que Juicio formaría parte esta vez de la nueva estrategia.

XLII

LO IMPREVISIBLE

Lugar: Cuarta dimensión.

Espacio temporal: no cuantificado.

Al igual que en las ocasiones anteriores, Legazpi se encargó de dejar todo listo para la ocasión. Ese día, uno de noviembre de 1981, iba a ser el día previsto para que por fin Alex Portillo fuera abatido por Laura Cabrera. Pero algo tendría que cambiar. Alex debería cambiar de actitud frente a su desconocido agresor. Si en las ocasiones anteriores el periódico reflejaba la muerte de Tomás Iriarte, lo cual hasta el momento se había considerado como la forma más apropiada de hacerle recordar su verdadero origen y enfrentarse a lo que pudiera suceder, en esta ocasión la noticia debería ser de mayor relieve, ¿y qué podía impactarle más que el anuncio de su propia muerte? Legazpi, situó el periódico en el mismo lugar, y se marchó a la espera de que tanto Alex como su padre hicieran aparición y se acercaran a la tumba de la madre y esposa de los Portillo. Después, todo iría sucediéndose como de costumbre, al menos eso era lo previsto. ¿Qué podría impedirlo?

Pero la *Ley de Murphy* dice que, si algo puede salir mal, saldrá mal. Y a pesar de la inteligencia superior de Legazpi, no parece que hubiera pensado en esta posibilidad.

Desde un lugar remoto, donde solo podían ver un horizonte iluminado por un sol poniente ficticio, Fidel Castelo y Gabriel, el mono, discurrían sobre el próximo movimiento a realizar. Esperaban que Legazpi, Magnus y los demás, movieran ficha, ya que no podían adivinar qué plan tendrían sus adversarios.

—Maestro, usted es más inteligente, seguro que sabrá como derrotarlos —dijo Gabriel intentando suavizar el gesto seco y preocupado de Legazpi.

—Sí, tú lo has dicho, mi clarividencia es superior, pero hay que demostrarla en el tablero, donde las piezas se mueven según la maestría de cada oponente. Y ahora mismo estamos en una fase de incertidumbre. ¿Cómo actuará mi rival? ¿Qué pieza moverá? ¿Cuál será su táctica?

—Gambito, maestro —respondió Gabriel, quizás por la inercia del lenguaje ajedrecístico. Es conocido que, en esta dimensión, algunos simios eran capaces de mover las piezas con cierta maestría.

Legazpi se giró sorprendido por aquella locución del mono. Este se quedó mirando a su jefe esperando alguna reprimenda.

—¿Qué has dicho? Repite eso que has mencionado.

—No me haga daño maestro, solo era una frase tonta —dijo Gabriel.

—Ha dicho gambito. ¡Claro! Eso es, un intercambio. No buscarán otra realidad, cambiarán de ubicación a la chica y la llevarán al encuentro del verdadero Alex. O al menos del «casi verdadero». Pero actuaremos con un movimiento que no esperarán. Mono, te prometí la gloria de los simios, y te la voy a conceder.

Gabriel no entendía nada, pero le daba igual. Si lo que dijo servía para enaltecerle se daba por satisfecho.

—Bien, mono, esto es lo que haremos —dijo Castelo.

Después de una breve explicación, Gabriel asintió sin más. Solo le quedaba obedecer.

```
Lugar: Dimensión intermedia, sueño lúcido de
Alex Portillo.
Espacio temporal: 1 de noviembre de 1981, día de
Todos los santos.
```

—¿Laura?

—Sí, querido. Lamento mucho que llegue este momento.

La mujer sacó de nuevo el arma y disparó a bocajarro. Alex quedó tendido en el suelo. La sangre brotaba de su pecho, y mientras todo se volvía oscuridad, alcanzó a ver los ojos verdes de aquella joven que lo miraban con afecto. Esta se acercó al cuerpo del joven que permanecía tendido en el dorado terreno. Lo último que pudo escuchar fueron unas palabras que le hicieron recordar algo ya vivido:

—Hasta pronto, amor mío.

```
Lugar: Dimensión intermedia.
Espacio temporal: junio de 1974.
```

El inspector no supo qué decir. Ante sus bigotes yacía el cuerpo de un joven. Era Alex Portillo, pero tendido a sus pies, «el otro

Alex» permanecía inconsciente por la sorpresa de haberse visto muerto. Si estaba en lo cierto, aquello sobrepasaba los límites de la realidad. ¿Estaría él mismo dentro de uno de aquellos viajes o sueños como los llamaban todos estos chalados? Se aproximó con cuidado para recoger al muchacho. Tenía que desalojar aquel antro lleno de cuerpos inermes y llamar a una patrulla que se hiciera cargo de todo aquello, pero primero debía comenzar con Alex.

—Eh, chaval, ¿te encuentras bien? ¿Crees que puedes incorporarte?

Alex estaba sentado en el suelo. Abrió los ojos y giró la cabeza a uno y otro lado, como si quisiera percatarse de que aquello era real.

—Yo… estoy soñando, creo. Me ha parecido verme a mí mismo en una especie de urna —dijo, mientras se ocultaba la cara con las manos.

—No sé qué decirte —intervino Laguna—, es posible que los dos estemos atrapados en una pesadilla. De todas formas, voy a llamar a unos agentes, y…

El inspector no pudo terminar la frase. Una luz cegadora, acompañada de un viento impetuoso, iluminó todo el recinto. En el ambiente, la mezcla de aromas a velas aromáticas y otros ungüentos, dejaron paso a un fuerte olor a ozono concentrado y tierra mojada, como si una fuerte lluvia hubiera descargado en la habitación. Y para mayor asombro de los dos, una figura inesperada se presentó ante ellos.

—Hola a todos, me llamo Legazpi. Bienvenidos a mi mundo. Creo que os debo una explicación.

XLIII

GAMBITO

Lugar: Dimensión intermedia, sueño lúcido de Alex Portillo.

Espacio temporal: 1 de noviembre de 1981, día de Todos los santos.

Laura cabrera no se apercibió que, tras ella, otros dos cuerpos emergieron de la nada. Una explosión en el aire dejó un intenso olor a lluvia, y sin que se pudiera explicar de dónde, una espada de enormes dimensiones le rebanó uno de los brazos, dejándola expuesta a otro ataque que lo más probable sería el definitivo y acabaría con su vida. Así, desarmada, se vio frente a los dos, ¿hombres?, que pudo reconocer de inmediato.

—Ya os echaba en falta, hijos de puta. Me habéis perseguido por toda la diversidad de mundos conocidos, pero esta vez sí he sido yo quién ha liberado a Alex. Esta vez no podréis disfrutar —Laura los miraba de soslayo mientras se sujetaba el brazo, o lo que quedaba de él. No sentía dolor, por lo que no emitía queja alguna.

—Ja, ja, ja —rio Castelo de forma escandalosa—. Lo que no sabes es que tu amigo no podrá regresar. Lo tengo atrapado en su propio sueño. Y lo mismo sucederá contigo, preciosa. Cuando todo esto termine, seréis unos pobres infelices que dormiréis para siempre y yo me encargaré de que vuestros sueños sean de lo más agitado.

En efecto, el cuerpo de Alex Portillo se había desvanecido, tal como le ocurría a ella cuando en los otros mundos paralelos no conseguía acabar con la vida del otro Alex, bien fuera Jesse James o Alphonse Capone. Laura decidió entonces que llegó la hora de terminar con el juego.

—Bien, entonces la partida es vuestra. Pero esta guerra aún no ha finalizado.

Sin que Castelo y Gabriel, que hasta ahora había permanecido en silencio, esperaran una reacción por parte de la chica, esta se abalanzó con la intención de desarmar al que portaba la espada. Castelo reaccionó como Laura pensó, y girando su cuerpo, lanzó un mandoble mortal que le seccionó la cabeza, quedando esta y el tronco separado a un metro de distancia. Sin embargo, el cuerpo de Laura Cabrera comenzó a disolverse y fue sustituido por otra figura, la cual emergió como un ave fénix, radiante y altiva, primero en forma de una niebla celeste, y a continuación materializando un cuerpo de aspecto angelical.

—Por todos los diablos, tú eres...— dijo Castelo con expresión de asombro. —Sí, es ella, amo, es Juicio —recalcó Gabriel balbuceando el nombre del heraldo de Magnus.

—¿Qué significa esto, heraldo? ¿Es la respuesta de tu señor Magnus? —exclamó Castelo mientras agitaba la espada.

La forma heráldica no dijo palabra alguna y desapareció. El hombre y el mono permanecieron en silencio ante aquel vaporoso halo azul que comenzó a disiparse en la nada.

—Mono, me temo lo peor. Tenemos que regresar.

—¿A dónde, amo?

—A la zona intermedia, allí donde descansan los soñadores. Tendremos que contraatacar. Es la hora de un «contragambito» por nuestra parte.

XLIV

LEGAZPI

Lugar: Cuarta dimensión.

Espacio temporal: no cuantificado.

Juicio dio cuenta de su parte en el plan ideado por Legazpi, y mientras este se encargaba de poner sobre aviso a los demás, en la dimensión de Magnus se forjaba lo que sería la escapada de la verdadera Laura Cabrera a su mundo real, a la espera que en la zona intermedia se culminara lo que habían previsto.

—Cuando Legazpi termine con su misión, tú ya estarás de vuelta a tu verdadero hogar —dijo Magnus dirigiendo su gran ojo a la muchacha. Esta no se acostumbraba a la visión de aquel gran globo que parecía que miraba en el interior, desnudando y dejando a la luz sus más íntimos pensamientos.

—¿Y yo? —intervino Antonio Arias—. ¿No hay posibilidad de regreso para mí? Decís que he muerto porque no soy capaz de visualizar mi cuerpo, ¿cómo podéis estar tan seguros?

—Eso es lo que tiene que averiguar Legazpi —respondió Magnus—. En el lugar que se encuentra podrá ver quiénes son los que permanecen en situación de poder volver. Es probable que tanto Alex como Laura sí estén esperando su partida, en cuanto a ti no podemos saberlo. Ellos creyeron ver sus cuerpos cuando vinieron a este mundo, pero tú no fuiste capaz.

—Lo más seguro es que estés tan muerto como yo —dijo Tomás Iriarte con resignación. Ese loco de Castelo no tiene escrúpulos.

Antonio Arias cerró los ojos. No podía aceptar que su mala cabeza, su insensatez lo hubiera llevado a aquella situación. No era capaz de olvidar que sus padres lo habrían dado por desaparecido, y lo peor, por muerto.

—Sin embargo —dijo Juicio intentando poner una nota de optimismo—, nunca podemos saber lo que ese insensato de Fidel Castelo haya podido hacer en un momento dado.

—¿Te burlas de mí, heraldo? Sabes mejor que yo que no hay ninguna posibilidad —contestó Antonio Arias mientras miraba a Juicio. El heraldo de Magnus se acercó al muchacho, lo besó y le susurró algo al oído.

—¿Recuerdas lo que te prometí cuando nos vimos por primera vez?

—Que si volvía a mi mundo me buscarías, aunque fuera con otra apariencia —contestó Antonio Arias.

—Entonces, ¿por qué preocuparte? Piensa en eso. Mi promesa sigue en pie.

Lugar: dimensión intermedia.
Espacio temporal: junio de 1974.

Legazpi era un desconocido para Laguna, no así para Alex Portillo, aunque este no lo conocía en persona, sí de nombre.

—¿Legazpi? ¿Qué haces aquí? Te estuvimos buscando por todas partes. ¿Qué tienes que ver en esto?

—Tengo mucho que ver, y soy el que puede solucionar este desaguisado. Bueno, yo solo no, hay otros que también intervienen. Pero lo primero es ver quiénes son los que se encuentran ubicados en esta especie de santuario macabro.

Legazpi comenzó a moverse alrededor de las urnas y no pudo evitar la sorpresa al ver que allí mismo se encontraban los cuerpos de varios de los implicados, incluido el del mismo Fidel Castelo.

—¡Vaya, vaya! Pero si tenemos aquí al mismo demonio, ¡quién nos lo iba a decir!

—¿A quién te refieres? —preguntó intrigado Alex.

—Fidel Castelo, alias Santi, o Santi, alias Castelo, según dónde te encuentres.

—¿Castelo? Así que Santi era el Castelo del periódico que yo veía en sueños. Quién me lo iba a decir a mí.

—Exacto. Un periódico que preparaba yo mismo. ¿Te gustaba la maquetación? La verdad es que al principio no estaba muy contento con aquella maniobra de advertencia, la veía demasiado… ¿cómo te diría?, sutil, sencilla, tenue. Pero cuando escribí lo de tu muerte, creo que ya fue una *masterpiece*.

—¿Una qué? —preguntó Laguna.

—Una obra maestra, quiere decir —replicó Alex sin dejar de mirar a Legazpi—. Pero ¿a qué viene todo esto? Y dime, ¿estoy equivocado en mi apreciación sobre mi verdadera identidad?

—No, no lo estás. ¿Has comprobado que tu cuerpo está por aquí?

—Sí, y no quiero ni verlo. Me parece una locura, es más, quisiera que esto fuera un sueño, y despertar.

—¿De veras? Pues de eso se trata querido Alex. Despertarte, que dejes de soñar soñando. La chica que yace junto a ti te ha perseguido por distintos mundos intentando liberarte. Su misión era que alguno de tus «otros yo», al morir por su mano y debido a la unión psíquica que manteníais, te hiciera cruzar entre las dimensiones y regresaras a tu cuerpo dormido. Presentíamos que Castelo hubiera trasladado vuestra envoltura corpórea a la dimensión intermedia. Desde aquí él os tenía a su merced. Cada vez que Laura intentaba acabar con tu vida, Castelo se adelantaba. Eso originaba que tu cuerpo dormido, el que permanece aquí, soñara, y junto a ti, la propia Laura soñara a su vez que debía seguirte hasta el cementerio y continuar con su propósito de acabar contigo para reintegrarte en la tercera dimensión. Tuve que incorporarme a vuestras ensoñaciones y preparar una alternativa que cambiara el curso de los acontecimientos.

Alex comenzó a entender el significado de aquellos sueños en los que alguien le disparaba. Y aquel rostro que desprendía tantos recuerdos. Sí, ella era Laura. Era patente que en ese momento seguía soñando, pero si Laura seguía dormida y no estaba junto a él, es que no se encontraba en aquella dimensión intermedia.

—Sé lo que piensas, Alex —dijo Legazpi—. Laura se encuentra más allá, en un espacio más alto, esperando que la invoque para regresar. Tuve que adelantarme para comprobar la situación, y a fe mía, que es propicia para todos los afectados.

—¿Los afectados? —espetó Alex con sorpresa.

—¿No reconoces a nadie más en este lugar? Observa que hay alguien más. Está Laura; estás tú mismo; el «diablo» de Castelo; pero también está tu amigo Antonio Arias...y un mono, pero de este podemos hablar en otro momento.

—Sí, tienes razón —respondió Alex con estupor después de observar a su alrededor, ya que quién más le preocupaba era Laura—. En cuanto al mono, explícame qué papel juega en todo esto.

—Es un simple objeto en las manos de Castelo. El pobre animal, al haber alcanzado cierto atisbo de humanidad, ha vendido su alma para continuar razonando, y hará cualquier cosa para conseguirlo.

—¿Y qué te propones?

—De momento ver quienes están y devolverlos a su mundo. Hay que despertarlos, tú serás el primero, y después Laura.

—Perdón —intervino Laguna—. ¿Y yo qué pinto en esto? ¿Soy algo material, un sueño, un pingajo o qué? Mucho hablar de regresar y volver y no sé qué cosas, pero no me decís en definitiva que pinto yo en este entierro.

—Perdone, inspector —asintió Legazpi—, tiene usted razón. Lamento decirle que, aunque sea una buena persona, aquí usted es tan solo un complejo conjunto de transmisiones eléctricas procedentes del cerebro, quizás de la misma Laura, que lo ha transportado a esta dimensión onírica como parte de su búsqueda y sus vivencias. Pero no se preocupe, usted vive en dónde tiene que vivir. Pero ahora mismo es tan solo un pensamiento, muy real para los que estamos aquí, pero en cuanto el muchacho y la chica regresen, usted desaparece.

El inspector Laguna no se inmutó, hizo el intento de encender su pipa de nuevo, pero lo pensó mejor y se limitó a dejar las manos dentro de los bolsillos esperando que aconteciera lo que tuviera que suceder.

Legazpi cerró los ojos. Parecía comunicarse con alguien. Todos permanecían en silencio. Un viento, suave al principio, pero que fue haciéndose cada vez más intenso, dejó paso al ya conocido olor a tierra mojada. El ozono impregnó de nuevo el ambiente. Y allí estaba. Con su desgarbado vestido de *cowgirl*, con su pelo cobrizo alborotado, y adornando su rostro con una sonrisa que dejó fascinado a los presentes, Laura Cabrera surgió de la nada. Legazpi consiguió que los sueños de Alex y Laura llegaran a interaccionar, juntando sus destinos en un único viaje. Y este terminaría por confluir en el regreso de un insólito desplazamiento en el tiempo y dimensiones desconocidas.

—Santo Dios —dijo Alex, al que solo le faltaba saltar de júbilo —, ¡en verdad eres tú!

—Y después de tanto buscarte, parece que por fin te he hallado. Ya no eres otra versión de ti mismo, eres el auténtico. Te he conocido como bandido y como gánster, y te aseguro que dejabas mucho que desear —respondió Laura al tiempo que abrazaba a su novio.

Solo faltaba que Antonio Arias siguiera el mismo camino. Pero cuando Legazpi intentó proceder, algo ocurrió, algo que podría interferir en el destino de los presentes.

XLV

CONTRAGAMBITO

Lugar: dimensión intermedia.

Espacio temporal: junio de 1974.

No les dio tiempo a celebraciones más efusivas. Y ni siquiera Legazpi pudo concentrarse para traer de vuelta al otro muchacho. Antonio Arias debería esperar su regreso, si es que volvía. Todos se sintieron paralizados en sus movimientos y acciones.

—Tal como imaginaba. Eran decisiones muy predecibles. Intentan engañarnos con la falsa muerte de Laura para retrasarnos y así hacer regresar a los demás. Pero no contabas con mi intelecto superior al tuyo, Legazpi. Y tampoco tu jefe Magnus.

Allí, delante de Alex y de Laura, de Legazpi y el inspector Laguna —el cual no acertaba a entender nada—, las dos figuras más intrigantes del mundo de los sueños se presentaban como auténticas amenazas para el devenir del futuro de los presentes y los ausentes: uno con vestidura de caballero, y el otro, un mono que parecía pensar a lo humano.

—Castelo, deberías hacerte mirar por un psiquiatra. Estás loco. He llegado a la conclusión que eres un demente narcisista. ¿Hasta cuando vas a luchar por algo a lo que no tendrás jamás acceso? ¿No te das cuenta de que eres un simple mortal con ansias de poder en una realidad imposible para ti?

Legazpi intentaba convencer al tipo que intentó compartir alguna vez la vicaría del reino de Magnus. Sabía de su megalomanía, y buscaba tocar algún punto de aquella mente irracional para convencerle de la maldad de sus actos.

Mientras hablaban, Gabriel el mono giraba y daba saltos alrededor de los sarcófagos y cajas que escondían los cuerpos allí retenidos. De pronto miró en el interior de uno de ellos.

—¡Amo! Soy yo, estoy aquí. Ya puedes cumplir tu promesa. Libérame y hazme capaz de razonar como un hombre en la vida del presente —gritó ante la sorpresa de los asistentes.

—¡Calla estúpido! ¿No te das cuenta de que hay cosas más importantes? Debemos inutilizar a estos seres inservibles a mis propósitos.

Legazpi y los demás observaban como el rostro de Gabriel se transformaba. Había pasado de una expresión complaciente a un macabro rictus, en el cual la boca comenzaba a babear y unos afilados incisivos se asomaban por la comisura de los labios.

—Amo, me prometiste… —susurró Gabriel con los ojos entornados. Se notaba que estaba en tensión. Legazpi vio que aquel momento podía ser el decisivo para impedir lo que fuera que Castelo pretendiera llevar a cabo.

—Ahora, dado que mi poder y control sobre los sueños son superiores a los vuestros, vais a retroceder al interior de vuestros cuerpos en un sueño permanente del que no regresareis jamás. Quedaréis aquí hasta que yo decida lo contrario. Esa es mi voluntad.

—Gabriel —gritó Legazpi—, ¿no te das cuenta? Te ha estado usando desde el principio, eres tan solo un simple objeto para él.

—Gabriel —replicó Laura—, somos amigos. Estuviste con nosotros desde el principio. ¿Y ahora quieres que acabemos así? Sabes que yo nunca te traicionaría.

La desolación y la angustia estaba a punto de cundir en el ánimo de todos. Laguna observaba todo aquello como lo que era, un sueño.

—Sí, amigos, pero Castelo me prometió…

—Castelo, no te prometió nada, te ha mentido desde el principio —intervino Alex.

No sabían que decir. Todo estaba en las manos de Gabriel. Cualquier argumento podría resultar favorable para la salvación de todos, o bien tomados como una ofensa y permitir que Castelo terminara por convencer al pobre simio. Gabriel miró su cuerpo indefenso en aquella especie de caja funeraria, después observó a los demás, y sus ojos de mono, de los cuales comenzaban a fluir unas gruesas lágrimas, se fijaron en los de Laura, la cual lo miraba con afecto, intentando llegar a lo más profundo del corazón de quién parecía más humano que cualquier otro de los presentes.

Sin que Castelo pudiera impedirlo, Gabriel saltó sobre él. Ambos cayeron al suelo y rodaron, mientras los golpes y puñetazos saltaban de un lado a otro. Castelo intentaba usar su espada para deshacerse de Gabriel, mientras este usaba su habilidad animal para impedir cualquier posibilidad de ser abatido. La fuerza del simio era superior a la del hombre, y aunque Castelo intentaba al mismo tiempo conjurar alguna orden mental que hiciera inútil las embestidas de Gabriel, este no lo dejaba pensar. Legazpi y los demás vieron la oportunidad de actuar. De un salto, Legazpi se acercó a la caja que contenía el cuerpo de Castelo y al abrirlo notó que una energía brotaba del interior, algo parecido a una muralla psíquica que lo protegía. No era material, de hecho, tuvieron que taparse los oídos. Algo inaudible pero efectivo, los alejaba de sus propósitos. Todos parecían paralizados. Todos menos el propio Castelo y Laguna. Gabriel era el más afectado. Tuvo que taparse las pequeñas orejas para no caer ante aquel sonido incapacitante. Quizás el inspector, al no tener cuerpo físico en aquel recinto, estaba libre para resistir los sistemas de defensa de Castelo. Laguna era un producto de los sueños lúcidos de Laura Cabrera y eso lo salvaguardaba de cualquier ataque. Al darse cuenta de la situación, el inspector actuó de inmediato. Tomó entre sus manos una de las velas esotéricas que aún permanecían encendidas y la depositó en el interior de la urna que recogía el cuerpo de Fidel Castelo, la cual volvió a cerrar de forma hermética. La llama de la vela comenzó a prender el cuerpo, al tiempo que un velo de color magenta imposibilitaba ver lo que ocurría en el interior. Cuando parecía que todo estaba perdido, y la espada del que vestía de caballero terminaría con la vida de Gabriel, el cuerpo de Fidel Castelo empezó a convulsionar, parecía que se percataba de la debilidad de su situación y el fin de su existencia, y de pronto, emitió un grito de terror. Cuando miraron el lugar donde se debatían notaron que el mono estaba solo, no tenía oponente, y en el interior del sarcófago que contenía su cuerpo físico, la cortina de color se fue difuminando. A la vista de todos solo quedaban los restos sin vida de un anciano momificado. Junto a él, un manuscrito antiguo que apenas dejaba leer su contenido. Su yo inmaterial ya no existía. A la vez, todos advirtieron que la rigidez de sus cuerpos había desaparecido y podían pensar y moverse con voluntad propia.

XLVI

EL REGRESO

Lugar: Tercera dimensión.

Espacio temporal: 15 de octubre de 1974.

Delante del panel de calificaciones, Alex Portillo no sabía cómo situarse para averiguar aquella nota que, debido a la oscuridad reinante en el pasillo, los madrugadores solo podían descifrar a base de mecheros y cerillas encendidas. No era capaz de acercarse lo suficiente, así que decidió que lo mejor sería volver al terminar las dos primeras clases de la mañana, cuando no hubiera tanta ansiedad por conocer la calificación y se hubiera despejado el lugar. Cuando se dio la vuelta, una joven estudiante, una hermosa pelirroja que solo conocía de vista, se cruzó en su camino impidiéndole el paso, y ambos realizaron un divertido juego para ver quién cedía la prioridad al otro.

—¡Oh, perdona! Soy muy torpe, no quería molestar —dijo Alex con acusada timidez ante la presencia de la muchacha.

—No te lo vas a creer, pero ya he visto las notas. Tú eres Alex Portillo, ¿verdad? Tienes un 7. ¡Enhorabuena, amigo! —dijo la joven con una sonrisa tan cautivadora, que le hizo pensar a Alex si la chica no estaba confundiéndose de persona.

—Creo que te conozco, pero solo de asistir a clase —respondió Alex.

—Sí me conoces, y muy bien, aunque no te lo creas. Me llamo Laura Cabrera. No te lo puedo explicar porque no me entenderías —dijo con una entonación musical—. Somos amigos desde hace…bueno, iba a decir mucho tiempo, aunque no podría precisar. Igual no ha pasado más de una hora, pero en estos momentos da lo mismo — La sonrisa de la muchacha era imposible de describir. Alex no sabía como reaccionar.

—¡Eh, Alex, que tal!

Una voz lo llamó desde una esquina de la galería, donde varios estudiantes se disponían a bajar al aula 1.

—Hola, Antonio —contestó Alex—. Perdona, os presento, no sé si os conocéis —dijo Alex dirigiéndose a Laura.

—Claro que sí, tú eres Antonio Arias. Encantada de volver a verte —dijo al tiempo que le daba dos besos.

Ambos se miraron sin entender nada. La chica se mostraba como una amiga de toda la vida, cosa de lo que ellos no podían decir lo mismo.

—Chicos, ¿os parece que después de las clases tomemos una cerveza? —dijo Laura de una forma tan sugerente a la que los dos amigos no pudieron negarse.

El bar de la Facultad a media mañana era un hervidero de estudiantes que entraban y salían. Laura Cabrera sintió que la vida le sonreía de nuevo. Había regresado. Sus amigos volvieron también, pero con una diferencia. Ella podía recordar todo lo acontecido en tan insólito viaje, no podía saber cuál era la razón. Quizás Magnus, Legazpi, o quién estuviera al mando en ese momento decidió que fuera así. De todas formas, sabía que comenzaba una nueva etapa en la que ella y Alex podrían hacer realidad un viejo sueño, uno real y que ahora podían reanudar sin miedo a ningún imprevisto. Ya no quería saber nada de viajes astrales. Su única ilusión era permanecer junto al chico del que se enamoró en una vida y un mundo ya conocido. Y a su alrededor todo parecía estar como siempre. Miró en el interior de su bolso de mano y se dio cuenta de algo que hasta ese momento pasó inadvertido para ella. Quizás fue un regalo de Legazpi.

Giró el trompo de acero y vio como este seguía girando.[7]

Y entonces, dudó.

---

[7] Gracias, señor Nolan.

EPÍLOGO

Querido inspector:

Se me hace difícil poner por escrito todas las experiencias vividas durante el tiempo indeterminado que nos ha tocado vivir. Me solicita que intente explicar cómo hemos podido acceder a los extraños mundos alternativos que han sido nuestro destino y de alguna manera sede de nuestros alter egos, *ya que no se puede decir que hayamos estado presentes de forma consciente, o al menos eso pienso, si es que se puede considerar que nuestros «yos» alternativos son parte de otras realidades, e independientes de los que vivimos en esta dimensión.*

Querido inspector Laguna, tal como me ha parecido deducir, estamos «a caballo» entre mundos interconectados a través de los sueños. ¿Qué son los sueños sino un viaje a un lugar que nuestra mente ha creado a través de millones de transmisiones sinápticas para recrear nuestros deseos, anhelos y temores? Y allí es adónde llegamos y de dónde regresamos, y de alguna manera ha cambiado nuestra manera de percibir la realidad, si es que lo que creemos o consideramos realidad es solo verdad o pura fantasía.

Como bien sabe, tanto Alex como yo nos introdujimos en este viaje por mediación de unos conocidos, y terminamos formando parte de un extraño suceso que podríamos denominar algo así como una batalla por el poder y dominación de las distintas dimensiones que se forjan en nuestras utópicas ilusiones. Y si quiere saber lo que he deducido de algo tan sublime por su significado, se lo voy a exponer a continuación.

Nuestro acontecer diario y primordial acontece en lo que se conoce como tercera dimensión. ¿Por qué la llamamos tercera? Fíjese en su entorno más próximo, todo se basa en lo largo, lo ancho y en la altura. No hay más. ¿O usted cree lo contrario? Pero si añadimos un tercer elemento, el tiempo, pasamos a otra esfera de realidades. Esta sería la cuarta dimensión. ¿Hay algo más allá? Es posible, pero no llegamos a conocerlo, al menos mientras sigamos vivos. Aunque en esta cuarta extensión se producen hechos que nos es muy difícil explicar con palabras. Es algo para vivirlo, y nosotros lo hicimos. Nada es real, o sí lo es, según como lo considere. Para mí todo fue real, como usted lo es, o yo lo soy. Pero allí era otra persona, y no solo en lo que se refiere a mi identidad, también en mis cualidades y posibilidades. Hice cosas inenarrables, cosas que jamás pensé que podría realizar, incluso en el ámbito más íntimo. Prefiero no referirlo. Y como ya le digo, después de esta cuarta dimensión me imagino que nos hallaríamos con la eternidad. Algunos consideran que puede haber hasta una sexta y séptima dimensión, pero no hemos alcanzado tan extrema realidad espiritual. En ese lugar tan alejado del principio nosotros seríamos seres espirituales sin capacidad de regresar a nuestros envoltorios mortales. Llámelo «el cielo» si quiere. ¿Pero antes de esto que hay, me inquiere con seguridad? Pues bien, cuando cruzamos desde los sueños vívidos, al parecer existe una etapa intermedia entre la tercera dimensión y la cuarta. En ella todavía nos puede parecer que seguimos en nuestro mundo real, el habitual, pero es una mera ilusión. Los más avezados y distinguidos maestros en estos viajes astrales, como le ocurría a Fidel Castelo, o al que fue compañero nuestro, Legazpi, —y no se ría por lo que le digo, se hacía llamar Eros, según una confidencia particular—, incluso podían trasladarse con sus propios cuerpos mortales a ese entorno, y como ya sabe nuestros cuerpos fueron reubicados en esa dimensión previa a la cuarta por Castelo, con objeto de mantenernos bajo su alcance y poder controlarnos. Inspector, usted tenía incluso su propio ser alternativo en esa dimensión. ¿No me cree? Lástima no haberle hecho una foto. Incluso seguía con su pipa y sus manías. Y, es más, en esa misma dimensión intermedia se puede volver a soñar. Puede seguir teniendo sueños alternativos, sueños vívidos sobre el sueño anterior, una profundización en el sueño inicial, si quiere llamarlo así. Ahí nos basamos para poder actuar. Después de cada intento por mi parte de hacerlo regresar, cada vez que pretendí liquidar a sus «otros yos», Alex soñaba que en el cementerio dónde reposaban los restos de su madre, yo pretendía acabar con su vida, aunque él no me podía reconocer. Es decir, pasaba a otra realidad, y en ella es dónde quisimos proceder, porque yo misma soñé que también estaba allí. Sí, es complicado entenderlo, pero ¿qué son los sueños? Así que hágase a la idea, pasé por cuatro fases: tercera, intermedia, intermedia vívida y cuarta. ¡Ufff! Y no sé si es todo. Todavía me pregunto si ahora mismo estoy aquí o allí. ¿Me lo puede aclarar usted?

¡Pero qué maravillosa es la vida mientras estés en el mundo real!

Con todo mi afecto.
Laura Cabrera.

Londres, 23 de diciembre de 1974, víspera de Navidad. (Sí, estoy en la capital inglesa con Alex. Se cumple algo que vi en uno de los sueños, pero con la diferencia de que aquella visión fue un sueño premonitorio).

Pd. No le he comentado por qué pienso que usted tiene constancia de todo lo sucedido. Quizás ha sido un premio a su contribución en la derrota de Castelo y evitar sus planes de asalto al poder en Filantropía. Tómelo como un regalo para lucirlo en su currículo.

Pd. ¿Y sabe una cosa? Antonio Arias ha conocido a una chica estupenda, estudiante de Psicología. Se llama Júbilo. Interesante, ¿verdad?

Sevilla, Feria de abril, 1975.

Desde hacía varias décadas, no faltaba a su cita anual. Junto a las demás atracciones de la «calle del infierno», su presencia era un llamamiento para sus incondicionales. En su entrada principal un gran cartel anunciaba lo que podían encontrar los espectadores:

Teatro Chino. Compañía de galas orientales, Con 50 artistas internacionales, 15 atracciones, circo y variedades, además de 20 bellísimas bailarinas

Piernas, mujeres y cómicos para todos ustedes, simpático público.

Pero este año, a todas las atracciones habituales presentadas en la *tournée* que realizaban por todas las fiestas populares, se sumaba una especial, lo que le había supuesto a la dueña del circo unos ingresos extras, ya que nadie quería privarse de observar al fenómeno del momento.

«Se trataba del denominado *hombre mono*. Le llaman Elías, tiene veintiún años y no es como los demás jóvenes de su entorno».

—Dicen que proviene de Angola, y después de que su madre sufriera varios abortos, nació él. Tiene una discapacidad que lo hace tener esa apariencia, y lo que más le gusta es correr y perderse por la selva —comentó uno de los espectadores que se situaba en uno de los asientos, ya apostado para disfrutar del espectáculo.

—Sí, eso dicen —apostilló su acompañante—, pero lo más inverosímil es su capacidad intelectual. Sabe hablar, y los que han podido acercarse lo han escuchado comentar cosas increíbles.

Todos callaron cuando apareció la jefa de pista. Se trataba de una joven de piernas exuberantes y cuerpo escultural. Las luces se pagaron y un potente foco iluminó aquella estilizada figura, la cual comenzó la presentación.

—Señoras y señores. Lo que van a ver no es un espejismo ni una alucinación. Se trata del más sorprendente de los fenómenos que hoy en día solo pueden observar en nuestro maravilloso espectáculo circense, de la mano de nuestra querida Manolita, claro. Señoras y señores, con ustedes…

Las luces dejaron de iluminar a la *vedette* y se centraron en una figura que, oscurecido por las sombras, fue dejando paso a una visión en la que luces de colores contorneaban un cuerpo vestido de forma impecable, pero cuya apariencia no escondía su fisonomía. Se trataba de un ser humanoide con rostro de mono, cuyos gestos dejaban relucir una inteligencia más allá de la lógica. El murmullo general por la sorpresa inicial dejó paso al silencio cuando el simio comenzó a hablar.

—*Sí, queridos amigos. Soy un mono, pero también algo más. Me llaman Elías, dicen que fue el nombre que me puso mi madre, pero en realidad…*

» mi verdadero nombre es Gabriel, y tengo una historia que contarles que no se la van a creer, una historia que va más allá del tiempo y de los mundos conocidos.

SOBRE EL AUTOR

Jose Antonio Blaya Cid, escritor, farmacéutico y fotógrafo, nació en Sevilla en 1957. Lector de todo tipo de géneros literarios, pero con preferencia por la ciencia-ficción y el terror. Entre sus autores favoritos, Tolkien, Stephen King y Michael Crichton, y en estos últimos años seguidor de George R.R. Martin, creador de *Juego de Tronos*, y el autor de las novelas en la que se basa la serie televisiva, *The Expanse*, James S. A. Corey. Aunque las dos últimas recreadas en épocas muy dispares, se trata de sagas a las que algunos denominan «óperas literarias». Su labor como escritor es bastante reciente, aunque como él dice, ya se involucró de forma total en el arte de escribir, cuando redactó su tesis doctoral en Farmacia, y más tarde en el trabajo fin de máster en Historia Medieval. Como consecuencia de esto último, presentó algunos trabajos para la revista Farmacia hispalense, sobre un personaje relacionado con la farmacia de Sevilla en el siglo XVI. En la actualidad colabora con varios grupos literarios de autores independientes, excelentes escritores que demuestran día a día su alto valor y competencia en el mundo de la narración.

Libros publicados

El Sota-alcaide, Amazon.

https://www.azonlinks.com/B094T8MPH5

Miedo, Amazon.

https://www.azonlinks.com/B0948LPHR7

Amoeba, Ed. Mirahadas.

https://www.azonlinks.com/B095S9HZXH

El Apocalipsis y otras extravagancias desde Wernicke, Amazon.

https://pge.me/HmwsCz

Índice